Abd Al Malik est né à Paris en 1975. D'origine congolaise, il grandit dans un quartier sensible de Strasbourg. Diplômé de philosophie et de lettres classiques, il devient en 1996 compositeur, rappeur et slammeur au sein de son collectif N.A.P. (New African Poets), puis entame en 2004 une carrière solo. Il a reçu trois victoires de la musique pour ses albums *Gibraltar* (2007) et *Dante* (2009), ainsi que le prix Laurence-Trân en Belgique pour son premier ouvrage *Qu'Allah bénisse la France !*. En 2008, il a été fait chevalier des Arts et des Lettres.

DU MÊME AUTEUR

Qu'Allah bénisse la France !
Albin Michel, 2004
et « Espaces libres », n° 174

Le Dernier Français
Le Cherche Midi, 2012

Abd Al Malik

LA GUERRE DES BANLIEUES N'AURA PAS LIEU

Le Cherche Midi

TEXTE INTÉGRAL

ISBN 978-2-7578-2135-0
(ISBN 978-2-7491-1512-2, 1re publication)

Directeur littéraire : Jean-Paul Liégeois
Directeur de collection : Arash Derambarsh

www.abdalmalik.fr

À Sidi Hamza

Les mots mènent aux actes. [...]
Ils préparent l'âme, la mettent en condition,
la pousse à la tendresse.

SAINTE THÉRÈSE D'AVILA

(citée par Raymond Carver
in *N'en faites pas une histoire*, Éditions de l'Olivier)

Évidemment, tout ce que j'ai écrit ici
est basé sur des faits réels et vécus...
J'aime ce processus : vie et écriture.
J'aime ça, la littérature !

ABD AL MALIK

La musique de ce livre est de Sam Cooke :
A Change Is Gonna Come.

A. A. M.

PROLOGUE

À *toi*,

Tu es un homme de lumière. Un homme de paix, de tolérance, de tendresse humaine.

Je t'envie de pouvoir croire en Dieu.

Je t'embrasse comme on embrasse un enfant qu'on aime.

Merci d'être toi.

Juliette GRÉCO

EN GUISE D'INTRODUCTION

L'AUTEUR ANNONCE LA COULEUR ET LE RÉCIT QUI VA SUIVRE

Est-ce qu'on parle des banlieues ou est-ce qu'on parle de la France ?

Est-ce qu'on parle d'une partie ou est-ce qu'on parle d'un tout ? De quoi parle-t-on ?

Parce qu'on a peu de temps, les enfants d'hier sont tristement grands.

Projette-t-on nos fantasmes ou expose-t-on les faits ?

Vous parliez de vos fantasmes ?... OK, veuillez m'excuser !

Moi, je parle de l'existence dans le sens du « vivre ensemble ».

Vous sous-entendez l'argent, moi le vide, la douleur que ça engendre quand t'en as pas, dans un monde où le vêtement fait le regard et le voile.

Vous parlez d'égalité, c'est vrai, je peux témoigner. Mais, dans les faits, où est la mixité sociale ?

Vous dites que la différence est une chance, que c'est la France.

Mais la télé, les postes d'influence ou l'Assemblée ont trop rarement avec nous de la ressemblance.

Je parle de vraisemblance, de reconnaissance, de l'amour inconditionnel que j'ai pour mon pays, la France. Je ne parle pas de vengeance.

Je parle en revanche d'une partie d'elle-même qu'elle stigmatise, précarise, ghettoïse dans les faits.

Forcément par ignorance... Sciemment, qui est-ce qui à soi-même du mal se ferait ?

Je ne parle pas en tant que Noir, Blanc, Arabe ou Juif.

Je parle en tant que membre de la communauté nationale et de ce que cela implique.

VOILÀ DE QUOI JE PARLE !

Pas de cynisme, pas d'ironie, pas de mauvaise foi.

Mettons qu'on parle d'un gars qui veut louer un appart' ou qui recherche un emploi.

N'est-ce pas son nom, sa couleur ou son lieu de résidence qui discriminent ?

Je ne pointe pas, ne menace pas.

C'est une mentalité que j'incrimine : celle qui refuse le changement, celle qui refuse de voir que la France d'aujourd'hui est pareille qu'hier et en même temps autrement.

Ailleurs, c'est un président noir, c'est l'Amérique qui lance un défi au monde.

Nos principes, nos idéaux nous le permettent. Alors, rentrons dans la ronde !

Et, quand vous parlez de quartiers chauds, de voitures qui brûlent ou de bavures, je ne vois que des êtres sensibles, incohérents parce que dos au mur.

Je ne veux pas que vous ayez pitié, je parle de droit.

Mais cela n'empêche pas qu'il y ait un cœur qui voit.

S'il n'y a pas de justice, il ne peut y avoir de paix.

Mais s'il n'y a pas le dialogue, ne subsiste même pas le regret.

Demandez-vous : comment auriez-vous agi si vous étiez nous ?

Je trouve ça marrant de me demander ce que j'aurais pensé si j'avais été vous !

VOILÀ DE QUOI JE PARLE !

Je ne parle pas que de mon quartier, je parle du futur de mon pays.

Et j'aurais pu parler de la même manière des *projects* aux États-Unis, des *favelas* au Brésil ou des *townships* en Afrique du Sud.

Cités terre-terres similaires, jumelles : les mêmes similitudes.

Les mégapoles dans le monde ont hissé tellement haut la statue de l'ego que, bientôt, elles ne mangeront plus seulement l'avenir de leurs laissés-pour-compte, elles finiront par se bouffer elles-mêmes. De la périphérie au centre !

On analyse, on communique mais on échange peu, s'écoute plus.

On prosélyte ou on s'excite, mais on témoigne peu, partage plus.

Il appartient à chacun de choisir : de regarder, d'accélérer ou de stopper le processus.

En ce sens, le récit qui suit est comme une lettre à Lucilius.

C'est l'histoire ou le conte réaliste d'une expérience vécue.

La rencontre de mondes qui cohabitent mais ne se parlent plus.

La problématique globale est piquée de problèmes singuliers.

Ce qu'a en tête le dealer au coin de la rue ou le ministre aux affaires a une incidence sur l'Humanité.

Quelle voie faut-il donc prendre pour comprendre cela dans sa chair ?

C'est la Sagesse qui parle à son prétendant :

« Ô toi amoureux de notre présence, pour celui qui veut nous épouser notre dot est chère ! »

VOILÀ DE QUOI JE PARLE !

LE RÉCIT EN QUESTION

1

L'AUTEUR SE FAIT NARRATEUR ET ENTAME UNE HISTOIRE DE BANLIEUE

Dans la chambre, le jeune homme augmenta le volume du son du CD.

Sur le mur en face de son lit, il y avait un grand poster de ce groupe de rap qui tournait en boucle depuis près d'une heure dans sa mini-chaîne hi-fi.

Les gars du groupe habitaient le même quartier, mais eux étaient devenus des stars nationales pendant son séjour en prison.

Peggy – le jeune homme, c'est lui ! – s'assit sur la chaise du bureau, devant la fenêtre qui donnait sur le tout nouveau petit centre commercial de la cité.

Il resta comme ça quelques secondes.

Il se disait que beaucoup de choses avaient changé depuis qu'il n'était plus au « happs* » et que d'autres choses ne changeraient sans doute jamais.

Dans le salon, ça criait de plus belle.

Alors, tout en pensant à tout ça, il se leva et monta encore le son du CD.

Il resta debout et regarda ses baskets en fredonnant le refrain du morceau 3 qui se terminait.

Les cris avaient commencé dès la fin de matinée, pendant qu'il prenait son petit déjeuner dans la cuisine. Alors, le jeune homme de 24 ans s'était enfermé dans sa chambre et n'en était plus sorti.

Ils s'engueulaient comme ça depuis toujours, son frère aîné et sa mère. Peut-être même déjà avant que le père s'en aille.

---

* Mot d'origine maghrébine, et souvent utilisé dans les banlieues, qui signifie « prison ». *Au happs* : en prison. (Note de l'éditeur.)

Il n'y avait plus de bruit dans le salon, lorsque le CD s'arrêta.

Il ouvrit un placard et en sortit un blouson marron en cuir avec de gros boutons noirs.

Il s'assit ensuite sur l'extrémité du lit et attendit quelques instants.

De temps en temps, il tendait l'oreille, se demandant s'il y avait encore quelqu'un dans l'appartement.

Au bout d'un moment, il se leva, regarda longuement sa chambre comme s'il ne devait plus la revoir.

Et il s'en alla.

– C'est une 600 compét'. Elle arrache, mon frère, dit Yvon, le garçon roux, à Peggy.

Yvon et Peggy étaient amis depuis l'école maternelle. Le roux était un voleur notoire et sa préférence se portait sur tout ce qui possédait un moteur :

– Monte, dit-il, je vais te montrer le truc de ouf.

– Laisse tomber, tu sais bien que j'suis plus là-dedans... Et, toi aussi, tu devrais te calmer.

Y a trop de places en zonz* pour des gars comme toi !

Ils éclatèrent de rire.

Yvon engagea la moto dans le petit passage qui conduisait au parking de la pharmacie et s'arrêta en face de la tour.

Il descendit de la moto et salua Peggy qui n'avait pas bougé :

– Whèch, ma couille ? demanda-t-il, en montrant de grandes dents, jaunies par le shit, dans un large sourire.

– Comme un prisonnier qui retrouve sa cellule, la famille ! répondit le jeune homme en le prenant dans ses bras.

Ils s'assirent tous les deux sur le trottoir sans rien se dire.

Yvon alluma une cigarette, en proposa une à Peggy en souriant à nouveau. Mais il rangea immédiatement le paquet sans attendre de réponse :

– T'es 100 % *halal* maintenant que tu fais la

* *Zonz*, dans les banlieues, est, comme *happs*, un mot qui désigne la « prison ». (Note de l'éditeur.)

*salat**, j'avais oublié ! Comment ils le prennent à la baraque ?

– Ils s'habituent...

– Et ton frère, toujours relou ?

– ...

Peggy ne répondit rien.

Il regarda autour de lui et soupira fortement en se levant.

Il essuya la poussière sur le derrière de son jean et s'exclama :

– Alors, on l'essaie, ton stremon ?

Cela faisait au moins une heure qu'ils sillonnaient la cité à toute allure.

Ils ne portaient pas de casque. Alors, le vent leur fouettait le visage.

Ils sortirent de la cité par la route de Colmar et roulèrent encore plus vite.

Des images défilaient dans l'esprit de Peggy.

Des souvenirs qui n'avaient aujourd'hui que peu de sens, des images de bonheur. Du temps où le père était encore avec eux.

Yvon hurla de joie.

---

* Voir page 72.

2

MOI, PEGGY, PERSONNAGE PRINCIPAL, M'EMPARE DE MON HISTOIRE ET LA RACONTE MOI-MÊME

On finit tous par le ressentir, ce sentiment, d'une manière ou d'une autre. Et il y a plein de façons de l'exprimer. Mais en général, ici, tout le monde appelle ça « la galère ».

Tout le monde : les parents, les enfants, les ados, les grands de la cité et même les animateurs sociaux... Tout le monde, vraiment tout le monde.

Pourtant chacun y vit sa vie. C'est pas comme si personne y faisait rien.

Je veux dire : c'est pas comme s'il y avait pas d'activités, comme si ça bougeait pas dans le coin.

Chacun a ses propres embrouilles... et c'est sérieux, même si ça ne se finit pas par un coup de feu ou dans une mare de sang.

Individuellement, c'est comme ça que tout le monde pense ici, que chacun définit la galère comme souffrance et comme répétition.

Ici, c'est « la Cité ». Nous, avec d'autres – une minorité dans la minorité, je parle de ceux qui étaient déjà à l'époque de futurs ex-voyous –, on dit « la Tess ».

On le dit avec le sourire de ceux qui sont dans le coup, qui détiennent les codes de l'instant, le code vestimentaire et l'argot du moment.

Ceux qui vivent dans la Tess sont pas si nombreux que ça, même si, des fois, les journaux et les débats à la télé disent tout le contraire.

C'est vrai qu'il faut pas croire tout ce qu'on nous raconte. Mais, quand même, quand un gros fait divers ou des élections se pointent à la une de l'actualité, on a l'impression que toute vie normale s'arrête aux frontières de la Tess.

Alors que non, alors qu'on y pleure, qu'on y rit, qu'on y doute, qu'on s'y perd, qu'on s'y retrouve, qu'on y aime, qu'on y éprouve de la haine comme partout ailleurs.

Et tous ces sentiments, ici, ils te sautent à la gueule comme un trop-plein de quelque chose, comme une énergie brute qui ne serait pas canalisée.

C'est pour ça que, parfois, ça donne des choses dingues ; et, même si c'est pas toujours compréhensible, c'est toujours humainement explicable.

Finalement, la Tess, c'est comme une grosse usine nucléaire qui pourrait éclairer tout le pays si on l'utilisait à bon escient. Mais, en vrai, c'est des bombes atomiques en devenir qu'on laisse à l'abandon.

J'étais pas le genre à causer de cette façon, à bâtons rompus, mais j'ai fini par me lâcher.

Le premier devant qui j'ai eu le courage de tenir de longues tirades, c'est Thomas « Sidi Aqil » Miniard, le mec le plus étonnant que j'aie jamais rencontré... Et pas seulement dans la Tess.

Un événement, c'est toujours une rencontre avec quelqu'un ou quelque chose. Un truc qui nous choque et qui nous change pour toujours.

Je la connais bien, moi, la Tess.

J'y suis arrivé à 6 ans et j'y ai tout vécu. Tout ce que vit un homme avant d'en devenir un vrai.

Les petites conneries qui te gradent et les grosses qui te mènent en prison, tous ces trucs qui sont toujours plus ou moins liés aux filles ou aux regards des autres et qui finissent par devenir incontrôlables.

Parce que la Tess, c'est pas juste un lieu de vie, c'est un état d'esprit d'abord.

Et même si tu la quittes, la Tess, que tu t'habilles comme un mec qui a de l'oseille et tout... eh bien ! elle, elle reste en toi.

T'auras beau faire, ça bougera pas.

Pour ceux qui ont le coup d'œil, c'est les yeux qui trahissent. Mais enfin, c'est pas tout de suite que tu te choppes le regard du tueur, ça vient avec le temps et les problèmes qui vont avec.

Dans mes yeux à moi, il y avait écrit : « Je veux comprendre. »

Au début, c'était juste comprendre ce que pouvaient bien raconter tous ces bouquins que mon père, qui était parti sans laisser d'adresse, avait abandonnés sur les étagères de la bibliothèque toute pourrie dans le salon de not' petite HLM.

Et, ensuite, j'ai voulu tout comprendre : la vie et tout ce qui se trame autour.

Je me suis mis à lire. Et à écouter, avec toujours plus d'attention, les réponses aux questions que je me posais.

Mon tic a pris de la bouteille en prison à force de me prendre la tête sur mon affaire et de « réviser mon appel* ». Mais aussi parce que j'aime ça, écouter. Écouter les réponses des autres et me faire ma propre opinion.

---

* *Réviser son appel* : cette expression est parfois employée par les prisonniers pour désigner le temps qu'ils passent à étudier dans le détail leur dossier de détention. (Note de l'éditeur.)

C'est pour ça que je questionnais tout le monde : mon avocat, mes codétenus, ma mère, mon frère, les mecs de la Cité, les filles qui ont des réputations et celles qui n'en ont pas, les enseignants, les élus, les curés, les pasteurs, les témoins de Jéhovah, les prêcheurs, les imams… J'aurais même questionné, si j'avais pu, les cadavres des toxicos que les ambulances ramenaient à la morgue !

Alors, quand je suis sorti de prison – disons à peu près six mois après ma sortie – fraîchement converti à l'Islam et que mon gars Mansour (que l'on surnomme « Lézard » parce qu'il pèle du visage quand il fait froid) m'a appris que le vieux docteur Blanchot, le médecin du quartier qui avait son cabinet dans l'immeuble en forme de demi-lune, avait pris sa retraite et s'était fait remplacer par un jeune médecin gaulois aux yeux bleus dont la rumeur disait qu'il était musulman… je me suis dit direct qu'on m'avait peut-être dégoté un spécimen rare et que j'allais pouvoir en poser des questions à ce type !

Vacances de Pâques 2001. Je viens tout juste d'avoir 25 ans et je suis dans l'ascenseur de droite de la demi-lune. Je me pince le nez et je respire par la bouche, parce que ça pue la pisse.

– Vous avez rendez-vous ?

La secrétaire a le visage de Mlle Heidmann, l'institutrice qui m'a fait trimer au CM1 et au CM2.

– Non...

Et je lui raconte que j'ai mal au dos et à la poitrine quand je respire fort.

Elle met ses lunettes (Là, ça me fait flipper parce qu'on dirait VRAIMENT Mlle Heidmann !) et regarde dans un grand agenda noir sur son bureau.

Elle secoue doucement la tête. Et me dit :

– Ça vous a pris soudainement ou...

– Non, c'est un truc que je traîne depuis un petit bout de temps. Mais c'est pas vraiment douloureux, juste un peu bizarre...

Elle regarde à nouveau l'agenda et tourne quelques pages.

– Si ça ne vous dérange pas plus que ça, alors, passez dans deux jours à la même heure.

Et puis elle m'a fait un sourire hyper mignon et là j'ai été rassuré : ça pouvait pas être Mlle Heidmann, parce que, elle, elle était pas du tout, mais pas du tout du genre à rigoler.

D'ailleurs, personne ne l'a jamais vue esquisser le moindre sourire.

En fait, on arrivait même pas à la regarder dans les yeux tellement elle était flippante.

Mais faut dire que son truc, il payait, parce qu'on était trente-trois en arrivant au CM1 et que c'est les mêmes trente-trois qu'elle a réussi à faire passer en sixième deux ans plus tard, et haut la main !

Elle était peut-être sans pitié, la meuf, mais elle connaissait son taffe.

Je me demande ce qu'elle a bien pu devenir...

J'allais me rendre à son cabinet tous les vendredis matin.

La première fois pour ce fameux mal de dos et ensuite pour rien, pour discuter, pour écouter le docteur Thomas « Sidi Aqil » Miniard me raconter son extraordinaire histoire.

Les habitants de la demi-lune me saluaient comme l'un des leurs. Je l'étais, j'avais pris orbite dans leur immeuble. Et il devenait le mien dès que je montais les marches qui menaient jusqu'à son entrée.

« Un, deux, trois... » Il y en avait beaucoup et je les comptais toujours, ces marches. Je ne me souvenais jamais du nombre exact ; alors, je les recomptais à chaque fois.

Ça me donnait le sentiment d'être éveillé, parce que le sommeil, c'est le cousin de la mort. Et j'étais en vie... J'étais en vie !

En tout cas, sans le dire vraiment, c'est sans doute ça que je me disais.

Cité nom féminin (latin *civitas*).

1. Ensemble de logements à loyer modéré. Pour une multitude de raisons, les luttes y sont incessantes.

2. Manifestation d'une logique de survie, d'une politique urbaine souvent déshumanisée et déshumanisante qui sert à juger de l'extérieur sous les traits de tous ceux précisément qui sont extérieurs à sa réalité dans le vécu comme dans la pensée. De tous ceux qui disent à longueur de journée qu'il faut se bouger... et c'est tout, puisqu'ils n'ont rien d'autre à proposer.

3. Ensemble d'individus minoritaires gueulant sur tout et tout le monde, comme si tout leur était dû, sous le regard réprobateur – mais pas ou peu entendu, car pas ou peu relayé par les médias – de la majorité *donc* silencieuse (les parents, les enfants, les meufs et les mecs bien).

4. Mensonge. Promesse d'un avenir meilleur pour les plus démunis, mais promesse qui a tourné au cauchemar, au ghetto. C'est le terreau de la colère urbaine. Et, bien qu'il puisse y régner une réelle joie de vivre, ses habitants y souffrent souvent du poids d'un destin qui semble insurmontable, comme s'ils étaient tous dans une prison à ciel ouvert et que l'argent représentait le seul et unique moyen de s'en extraire.

Moi, je suis un gars pas mal dans mon genre.

Je le dis pas juste pour taper la discut'. C'est pas juste une façon de parler et je me la pète pas ou quoi...

C'est un constat : je suis vraiment pas un type comme les autres...

Et j'en ai conscience parce qu'il s'est passé un truc la première fois que je suis « tombé » (je veux dire en prison).

Un truc bizarre, je peux pas vraiment expliquer, mais ça m'a retourné dedans et j'ai plus jamais été le même.

Enfin, disons qu'avant de rentrer dans les détails, c'est peut-être important que je me présente maintenant, histoire de donner une certaine épaisseur à mon caractère.

Je dis ça, mais c'est vis-à-vis de vous surtout. Moi, Hamdullah*, ça va, je me connais.

Faut juste que je ne donne pas l'impression de vous raconter mon histoire le dos tourné

---

* Contraction du terme coranique *Hamdullilah* signifiant littéralement « Louange à Dieu ». Sous sa forme contractée, il est souvent employé dans les banlieues, même par les non-musulmans, pour dire « Grâce à Dieu » ou « Dieu Merci ». (Note de l'éditeur.)

et que, quelque part, vous vous demandiez pas tout le temps, tout au long de mon récit : « Mais c'est qui, ce type ? »

Vous voyez ce que je veux dire ?

Pour faire bref, je suis né dans le quartier du Port-du-Rhin à Strasbourg et je m'appelle Peggy…

Je sais ce que vous êtes en train de vous dire : « Mais, c'est pas un prénom de meuf ? »

Enfin si, mais je suis pas une meuf. Ça, vous l'aurez remarqué !

Ma mère, elle m'a dit que dans les années 1970, chez les renois, c'était un prénom hyper à la mode et on le donnait aux garçons comme aux filles, pareil.

Bon, pas besoin de vous dire que dans les années 1980 c'était un peu différent et que, moi, j'en ai sacrément bavé avec un prénom comme ça.

J'ai dû en savater des mecs et même pas pour me faire respecter, juste pour vivre normal.

Alors, quand je suis tombé en zonz, cette fameuse fois, et que je me suis converti à l'Islam, j'étais comme un ouf quand l'imam, il m'a dit que, si je voulais, je pouvais prendre un prénom musulman.

J'ai opté pour Suleyman. Ça le fait, non ?

Moi, je trouve que ouais ! Ça fait guerrier et, en même temps, ça fait sage.

Franchement, ça sonne grave, tu peux pas dire le contraire.

3

LE NARRATEUR REVIENT DANS LE JEU

La police avait mené son enquête et était remontée jusqu'à eux. Les malfrats dormaient dans cet hôtel, épuisés par cette cavale qui n'en finissait plus.

Dans les « Formule 1 », les chambres se verrouillent et se déverrouillent par un code digital. Aussi, les policiers ne frappèrent pas à la porte.

Hurlement : « Police ! »

Injures, coups de poing, de pied, impossibles tentatives de fuite, armes à feu, menottes, immobilisation.

Le jeune homme, pieds nus, en tee-shirt et caleçon, fut le dernier à s'asseoir sur la banquette arrière du break bleu, blanc, rouge siglé « POLICE ».

– T'es bien assis, sale nègre ?

C'était lui seul que le policier au volant insultait, cette fois.

Peggy était pourtant calme. Et, s'il fronçait les sourcils, c'est que le soleil lui brûlait les yeux.

Son ami, assis à sa gauche, gémissait. Peut-être même qu'il pleurait.

Il avait l'oreille en sang et l'œil droit légèrement enflé.

Le policier passager lui jeta un regard triste dans le rétroviseur. Il était jeune, lui aussi.

Le troisième complice, de l'autre côté du véhicule, était vraiment esquinté. Il avait la tête en sang et le visage boursouflé de bleu, rouge et vert.

Le policier qui s'était mis au volant fit démarrer la voiture et marmonna quelque chose à son collègue.

Peggy se demanda ce qu'il pouvait bien lui avoir dit.

Le reste de la bande était réparti dans les deux autres voitures qui les suivaient.

Le compte à rebours était lancé.

Dans l'absolu, ils étaient déjà tous dans leur cellule.

La justice des hommes allait bientôt rendre son verdict.

Pourtant, Peggy ne se sentait pas coupable cette fois. Juste dans l'erreur.

Comme lorsque, après une longue marche, on se rend compte qu'on s'est trompé de chemin et que, malgré la fatigue, il est nécessaire de faire demi-tour.

Il se sentit exalté par l'existence, car la seule pensée d'une seconde chance signifiait « la » possibilité. Mais laquelle ?

La prison allait peut-être le libérer...

Il ne voulut pas réfléchir plus avant. Il sourit.

Brusquement, la voiture s'arrêta : feu rouge, fausse alerte !

Les complices, eux, étaient sonnés. Immobilisés dans cette léthargie qui conduit invariablement en prison, à l'asile ou à la morgue.

Le feu passa au vert et la voiture accéléra.

Mais voilà qu'il se passa quelque chose d'assez beau…

Le policier passager se tourna vers le jeune homme et ses amis. Il leur demanda d'une voix pleine :

– Vous allez bien ? Nous serons bientôt arrivés, on s'occupera de vos plaies.

Le policier au volant haussa les épaules.

Le jeune homme fut envahi d'une émotion neuve.

Ses muscles se relâchèrent, il pencha sa tête en arrière et se détendit. C'était presque comme s'il ne s'était rien passé.

Il se dit, à cet instant, que les seules choses qu'il partageait avec ses compagnons d'infortune étaient la Cité et la jeunesse.

Et cela aurait pu le rendre triste s'il n'avait pas décidé de rester à la surface de lui-même.

Ce voyage interminable le menait en GAV, en garde à vue, et il ne pouvait s'empêcher de penser que toute sa vie l'avait mené précisément jusqu'ici.

Dans cette voiture de police, un jeune délinquant se métamorphosait, sans aucune raison ou à cause d'une multitude de raisons.

Il posa son front sur la vitre. Le paysage défilait.

Il avait mal aux poignets à cause des menottes, mais la douleur était supportable.

Le commissariat qu'il connaissait bien se profila au loin.

4

PEGGY, DEVENU SULEYMAN, REPREND LA PAROLE ET POURSUIT SON PROPRE RÉCIT

Mon grand-père maternel – c'est important pour moi de vous le dire – est un homme bon et courageux.

Il a assisté en personne au discours de Brazzaville* et s'est battu pour la France qu'il considérait comme son pays, même s'il n'y avait jamais vécu, même s'il n'y vivrait jamais.

* Le 30 janvier 1944, à Brazzaville, au Congo, le général de Gaulle, alors président du Comité français de Libération nationale, se prononce pour l'émancipation des colonies. Sans prononcer le mot «indépendance», il souhaite que les peuples africains prennent «leurs propres affaires» en main au plus vite. (Note de l'éditeur.)

Tout le contraire de Kamel, le vieux gardien de la demi-lune d'origine algérienne, qui, lui, vivait dans l'immeuble avec son père (qui faisait étrangement plus jeune que lui !) depuis des lustres.

Depuis le commencement, à vrai dire. Parce que, dans les années 1960, son père était l'un de ces travailleurs immigrés qui avaient contribué à faire sortir la demi-lune de terre.

Vous savez, on a beau dire, il y a une multitude d'immeubles dans les cités en France qui ont des têtes différentes, une histoire et tout ; mais je vous jure qu'il n'y en a pas tant que ça qu'ont une âme.

Et ça ne se détermine pas à cause de la merde qu'il y a autour, non.

C'est ce qu'il y a à l'intérieur qui compte : ça dépend de la qualité intrinsèque de ses habitants et même, parfois, juste d'un seul de ses habitants.

Et Thomas « Sidi Aqil » Miniard était l'âme de la demi-lune... et peut-être même celle de toute la Cité.

Ce gars, c'était vraiment quelqu'un.

Je peux comparer, parce que, moi, j'en avais rencontré des mecs qui valaient le détour, à cause notamment de ma manie de poser des questions.

Mais toujours sans en avoir l'air ! Parce qu'un type qui pose des questions sur tout, ça peut paraître tout de suite louche.

Les gars, ils ont vite fait de te dire : « C'est pas possible, ma parole, t'es une balance, un keuf ou un truc dans le genre ? Sur la vie de moi, on n'a pas idée de poser des questions pareilles ! »

Mais, comme j'étais un mec de la Tess, et que tout le monde me voyait me dandiner dans le coin depuis tellement longtemps, on savait qu'il n'y avait pas d'embrouilles.

J'étais juste « le Philosophe », le type que la rue avait proclamé « l'enculé le plus intelligent du quartier ».

Ça me faisait marrer et je trouvais ça cool.

Sauf le début de la particule.

Ça le faisait moyen, parce que « enculé », même si c'est une métaphore et que c'est plutôt à prendre comme une marque d'affection, c'est tout de même lourd à porter, vous en conviendrez ! Enfin...

Donc, je peux vous le dire, ce gars, c'était vraiment quelqu'un.

C'était le deuxième et dernier enfant de Marie et Jacques Miniard.

Ils étaient tous les deux instituteurs, s'étaient rencontrés et étaient tombés amoureux devant la machine à café quand ils étudiaient à l'IUFM (Institut universitaire de formation des maîtres) de Strasbourg.

Ils s'étaient mis d'accord, ils auraient deux enfants : un garçon et une fille.

Ils eurent deux garçons : Pierre et Thomas.

Marie et Jacques étaient des idéalistes, comme on dit aujourd'hui, parce qu'ils n'aimaient pas le monde tel qu'il était déjà à leur époque.

Jacques avait de beaux discours qui allaient dans ce sens, il disait par exemple :

– On ne peut pas rester là et ne rien faire... Que le monde se déchire et qu'on n'y puisse rien, très bien. Mais chez nous ? Toutes ces familles qu'on parque dans ces cités dortoirs, ces gens qu'on utilise, on est même pas foutu de donner à leurs enfants une éducation digne de ce nom, parce qu'on dit qu'ils vont retourner chez eux ! Laisse-moi rigoler... Mais merde ! leurs gamins, c'est ici qu'ils sont nés, ici c'est chez eux ! On est en train de mettre une merde pas possible dans la vie de ces gens et ça va nous péter à la gueule, ça va pas traîner et ça sera pas joli à voir !

Et ça ne manquait pas : à chaque fois qu'il parlait avec ce truc dans la voix, elle tombait à nouveau amoureuse de lui.

Et, comme la première fois, elle lui répondait un truc qui, en substance, voulait toujours dire « je t'aime » mais qui s'entendait comme un acquiescement plus ou moins appuyé à l'avis qu'il venait d'émettre.

Leur deuxième enfant est né par césarienne.

Il se sentait si bien dans le ventre de Marie qu'il n'était pas décidé à présenter autre chose que ses fesses au monde.

Jacques Miniard somnolait devant son téléviseur quand eut lieu ce qu'on allait appeler « la première marche des Beurs ».

Il appela Marie en criant, se leva du canapé et pointa la télé avec son pouce droit, comme s'il faisait de l'auto-stop.

Pierre et Thomas, qui étaient encore des gamins, jouaient dans leurs chambres respectives.

Pierre se prenait pour un général de l'armée de terre et Thomas pour un pompier qui, avec un courage de fou, luttait face à un feu imaginaire.

Marie était maintenant devant l'écran et se lamentait :

– Mon Dieu, mon Dieu !

Parce qu'elle avait remarqué dans la foule deux enfants qui ressemblaient aux siens.

C'est ainsi que Marie et Jacques comprirent brusquement que la France avait changé et qu'il était impossible de revenir en arrière.

Cela ne serait pas visible tout de suite, non. Mais le changement était là, sous leurs yeux. Et l'accepter, c'était faire preuve de responsabilité en tant que parents, parce que leurs enfants ne connaîtraient que ce monde qui se présentait à eux.

« Désormais, pensa Jacques, plus rien ne sera comme avant. » Et il ne put s'empêcher de se dire aussi que c'était bien... à condition qu'à l'avenir on prenne tous les bonnes décisions.

Un peu après l'époque de « Touche pas à mon pote », la mère de Marie, le seul grand-parent qui restait à Pierre et Thomas, mourut.

Le lendemain de l'enterrement devait avoir lieu la finale de foot qui opposerait les cadets du Red Star à ceux du Racing Club de Strasbourg, les deux meilleurs clubs de la ville.

Thomas, qui était non seulement attaquant mais également le meilleur joueur du Racing, bien que triste, ne pouvait pour rien au monde rater ce match.

Celui-ci eut lieu.

Thomas dédia la rencontre à la mémoire de sa grand-mère et joua comme un forcené.

Si bien qu'il marqua quatre des six buts de la honte qu'encaissa l'équipe adverse sans même qu'elle puisse en marquer un seul.

Il fut fêté comme le héros du match et haï par ses adversaires.

Après avoir quitté le stade, Thomas distinguait déjà dans la nuit d'hiver les lumières de la maison quand Mimoun, le capitaine du Red Star, accompagné de Kader, un défenseur, et de Coulibaly, le gardien de but, sortirent de nulle part :

– Alors, fromage blanc, tu crois qu't'es Maradona, peut-êt' ! cria Mimoun, en bousculant violemment Thomas qui tomba à terre.

Sans dire un mot, Kader et Coulibaly se précipitèrent sur lui et le rouèrent de violents coups de pied.

Il n'émit aucun cri et n'appela personne à l'aide.

Et c'est en nettoyant ses plaies dans la salle de bains, en grimaçant de douleur devant la glace, que Thomas décréta qu'il serait désormais raciste.

Il arrêta définitivement le foot et décida de faire du kick-boxing pour casser du Noir et de l'Arabe.

Ce qu'il fit de temps en temps avec une joie non feinte.

Racisme nom masculin.

1. Idéologie fondée sur la croyance qu'il existe une hiérarchie entre les groupes humains, entre les « races ». Comportement inspiré par cette idéologie.

2. Cimetière identitaire, métaphore intérieure de la prison à ciel ouvert.

3. Attitude d'hostilité systématique à l'encontre d'une catégorie déterminée de personnes. ***Racisme envers les jeunes*** : anti-Nous universel empêchant toute poussée dans les aigus du champ lexical qui permettrait de ne plus dire « jeune de banlieue » mais « jeune » tout court, en sous-entendant « citoyen » et peut-être même « semblable », voire « être humain ».

4. Conservatisme, virus malin, qui s'adapte, se développe même dans un environnement qui ne lui est pas favorable *a priori*, c'est un cancer d'un autre genre, d'un autre âge, une pathologie aux symptômes invisibles pour beaucoup mais qui gangrène sous la chair de nos jolis mensonges.

Ouais ouais, mais celui qu'est à côté de son époque comme à côté de ses pompes aime dire (en affichant, souvent avec panache, son cynisme) : « C'est parce qu'ils ne *se sentent* pas français qu'ils sifflent la *Marseillaise* ! »

Se sentir, dites-vous ?

Mais aviez-vous déjà pris le pouls de cette jeunesse, je veux dire avant qu'elle ne soit malade ?

Non ! Mais vous vous confondez pourtant en diagnostics hasardeux.

Vos intelligences peuvent-elles admettre que ce mal ne ressemble à aucun autre ?

Vous ne le connaissez pas.

Vous ne les connaissez pas.

Des voitures brûlent ? Des barricades ?

Ce n'est pas un autre Mai 68, c'est le diktat d'un autre siècle. D'un autre questionnement dont le cœur mendie d'autres réponses.

Ouais, parce que le cœur, c'est le seul invariant de tout événement historique, ça fait l'intelligence. L'intelligence de la situation.

Alors, la réalité décrypte. Donne le sens caché de la phrase du ci-devant « cynique au trop plein de panache » : « C'est parce qu'ils ne *sont* pas français qu'ils sifflent la *Marseillaise* ! »

C'est le choc frontal du signifié et du signifiant, de l'avouable et de l'inavoué, de l'audible et de l'inaudible.

C'est alambiqué, mais ça fait du bruit, l'ambigu.

Et puis, il y a aussi ces tours de briques rouges de mensonges, tours d'illusionnistes qui s'illusionnent eux-mêmes.

Nos enfants s'en rendront compte, tôt ou tard. Et ils demanderont des comptes à tous ceux qui, par peur, je crois, ou par inconscience, peut-être, se seront laissés *car-jacker* d'eux-mêmes.

Laissés dépouiller des armoiries de l'universel rêvées, au départ, comme des véhicules positivement consensuels : je parle de patriotisme, de nation et de peuple – des termes si souvent pris en otage et déviés de leur sens par ces toxicomanes de tous bords défoncés à la politique des extrêmes et au choc des civilisations...

Et elle chancelle, fuit du regard, pique du nez comme sous l'effet de l'héroïne, la France.

J'y vois comme une parabole pour nous dire combien elle était belle avant qu'elle ne se came pour supporter le pesant du prestige de ce qu'elle était avant, la France.

Mais il faut bien cesser, d'une manière ou d'une autre, de téter ce sein malin, cette pipe à crack du « tout va bien ».

Du Blanc gris, ivre de lui-même, devenu aveugle aux couleurs de son sol, et qui, minutieusement, mais de tout son soûl, condamne cette fenêtre censée être grande ouverte sur l'espoir.

Les lendemains qui chantent se sont parés de brouillard et l'obscur ne fait que croître, croître...

Et croître encore.

Il faut donc croire, croire et croire encore.

À force, on finira bien par découvrir, sous les décombres de la bêtise édifiante, que tout est resté intact. Qu'il s'agissait plutôt de creuser au plus profond pour s'en convaincre.

Seuls les regards changent.

Celui qui n'est pas enfant de l'instant s'enlise en permanence dans le souvenir de sa beauté.

Et si ce qui est vrai pour un être est vrai pour un pays, alors la France s'acharne à survivre sur le seul souvenir de son propre génie.

C'est une sorte de mort.

Épais et confortable tombeau.

Ci-gît quelque chose.

De loin, c'est Blanc, immaculé, catholique et spirituel, laïc et consensuel, de gauche pour la dignité des plus humbles, ou libéral mais avec une conscience sociale et morale ; et ça s'approche logiquement avec la nonchalance et la conviction confiante (avec, quelquefois, une pointe de superbe condescendante, toujours inconsciente d'elle-même) de l'esprit éclairé qu'écrit l'Histoire. Mais...

... de près, au coin d'une rue, c'est une sorte de zombie (sous les traits des extrémistes de chaque système de pensée et de croyance) qui erre, qui nous parle, qui refuse de nous serrer la main et qui a peur, au fond !

Qui a peur que sa propre jeunesse (qu'il croit pourtant ne pas être la sienne !) lui vole ce qui lui reste de vie.

Un cadavre est forcément sourd, donc aveugle aux couleurs de son sol...

Finalement, c'est parce qu'on peine à voir qu'on a des différents avec nos semblables.

C'est vrai. Mais, si la cécité est une excuse de la nature, l'indifférence est une absence d'humanité.

Et c'est précisément ce vide, qu'il est vital de combler, qui nous fige de l'intérieur et finit par nous briser à l'extérieur.

C'est la rigidité cadavérique, l'enterrement d'une promesse gravée en trois mots sur des frontons noircis par l'éclat sombre de l'hypocrisie et de l'injustice, la perversion qui suit l'abandon de l'idéal, le faux et l'usage de faux si les actes parlent plus fort que les mots.

C'est la lâcheté quotidienne et anonyme de l'homme face à son semblable, c'est l'honneur qui s'arc-boute, la condescendance qui brandit ses doutes comme des médailles de matière fécale confondues avec du bronze.

La honte parade et se nourrit de chair fraîche, comme si de rien n'était. Bien pis, elle est fêtée à chaque coin de rue, célébrée comme une fête païenne, un jeu de rôle.

Vestige, vertige carnavalesque, c'est la ronde infernale, le tango des HLM.

On rit et on meurt.

Les cris de Marie secouèrent toute la maison :

– Mon fils est devenu terroriste ! Mon fils est devenu un terroriste !

Elle voulait parler de son fils aîné Pierre, qui avait 25 ans à l'époque.

Elle l'avait surpris dans sa chambre à l'étage se prosternant sur un tapis en direction de La Mecque.

– Calme-toi, maman, lui avait dit Pierre.

Mais elle ne voulait plus l'entendre et gesticulait en regardant, horrifiée, droit devant elle.

Thomas et Jacques accoururent et passèrent toute la journée de ce dimanche ensoleillé à essayer de faire revenir Pierre à la raison.

Bien sûr, avec le temps, tout le monde allait finir par s'y faire, mais, pour l'heure, l'incompréhension était à son comble.

– T'as embrassé la religion des bougnoules, fulminait Thomas.

5

MOI, SULEYMAN, ME SOUVIENS DE CE QUE THOMAS A APPRIS DE SON FRÈRE PIERRE

De cette religion que venait de choisir Pierre, son frère, Thomas ne connaissait rien d'autre que ce qu'il avait lu dans le dictionnaire :

Islam nom masculin (arabe *islam,* soumission à Dieu).

Religion universelle. Apparu en Arabie au VIIe siècle, porté par le prophète Muhammad (PSL*), l'Islam s'est d'abord répandu en

* Abréviation de « Paix et Salut sur Lui », formule fréquemment utilisée par les musulmans quand ils nomment « le » Prophète, c'est-à-dire Mohamed (*Muhammad* en arabe littéraire). (Note de l'éditeur.)

Asie, en Afrique, en Europe, puis sur les autres continents. On estime aujourd'hui à plus d'un milliard le nombre de musulmans dans le monde. ***Le Coran***, révélé au prophète Muhammad (PSL) par Dieu *(Allah)* par l'intermédiaire de l'ange Gabriel, est, avec ***La Tradition*** *(Hadith)*, le fondement de la vie religieuse et sociale. Le dogme fondamental de l'Islam est un strict monothéisme.

Cette définition est un peu courte.

Thomas allait bientôt découvrir autre chose, autre chose de plus profond :

La loi canonique (*Sharia*) fonde l'Islam sur cinq piliers.

Le premier pilier est le double témoignage (*Chahada*) : « *Ashadu an la ilaha illa llah wa 'ashadu anna Muhammadan rasulu llah.* » Traduction : « Il n'y a pas de divinité en dehors de Dieu et Muhammad est son Envoyé. »

Deuxième pilier, la prière obligatoire (*Salat*). Chaque musulman doit en faire cinq par jour. Il est nécessaire de se purifier avant chaque prière par la pratique des ablutions (*Wudu*).

Troisième : l'impôt social purificateur (*Zakat*).

Quatrième : le jeûne du mois de *Ramadan*. Jeûne obligatoire, sauf cas particuliers, à partir de la puberté jusqu'à la mort. Il commence à l'heure du *fajr* (environ une heure et demie avant le lever du soleil) et se termine à l'heure du *maghreb* (au coucher du soleil).

Enfin, dernier pilier : le pèlerinage à La Mecque (*Hajj*). Chaque musulman doit le faire au moins une fois dans sa vie.

Pour Thomas, avant même sa conversion à l'Islam, Pierre avait toujours été un original.

Il y avait toujours une histoire le concernant.

Il y avait eu, successivement : « Pierre veut entrer à la légion étrangère » ; « Pierre veut partir en Inde rencontrer un maître bouddhiste » ; « Pierre est franc-maçon »...

Et, maintenant, « Pierre s'est converti à l'Islam ».

Vu comme ça, ça avait tout de quelque chose qui ne durerait pas. Seulement, cette fois, ça semblait différent...

Pierre s'en expliqua.

Il s'adressa en ces termes à Jacques, son père, et à Thomas :

– Je me suis rendu à une conférence, un frère maçon m'en avait parlé... On était quelques-uns, pas très nombreux. Et il y avait ce type, Walid Soussi, un Maghrébin noir qui avait l'élégance et le charisme d'un prêcheur américain, qui nous regardait comme si nous n'étions pas là, comme s'il n'y avait personne en face de lui. Et puis il s'est mis à nous parler comme s'il se parlait à lui-même. On aurait dit qu'il murmurait. Pourtant, nous l'entendions tous :

« Une Voie spirituelle se présente comme un chemin de retour au centre de notre être, un chemin qui a pour finalité de nous permettre de réaliser l'ensemble des possibilités inhérentes à l'état humain par le rétablissement de notre perception de la divinité.

« Une Voie vivante est une voie dont le Maître spirituel est un être réalisé qui vit parmi nous, jeté comme un isthme ou un pont entre la réalité divine et notre propre réalité.

« Tradition pluriséculaire répandue dans le monde entier, le soufisme est à l'origine de nombreuses Voies spirituelles.

« Indissociable de l'Islam et se situant même en son cœur, ce n'est pas une philosophie, encore moins un système : il s'agit avant tout d'une manière d'être au monde. Un poème soufi le dit : "Ô Ami, cesse de chercher le pourquoi et le comment. Cesse de faire tourner la roue de ton âme. Là même où tu te trouves, en cet instant tout t'est donné, dans la plus grande perfection. Accepte ce don, presse le jus de l'instant qui passe."

« Le soufisme a pour but de nous permettre d'éveiller notre cœur, non pas notre cœur physique, mais cette fine pointe de l'être qui est le lieu de la perfection spirituelle.

« Le soufisme est pratiqué sous la direction d'un Cheikh (l'Ancien ou le Maître). La fonction de ce Cheikh est un accompagnement

spirituel, ayant pour but de nous faire découvrir par nous-mêmes la réalité divine.

« Le Maître est celui qui a déjà parcouru le chemin, qui s'est éteint en Dieu, et qui a ensuite été renvoyé vers les Hommes pour les guider vers Lui, indépendamment de tout choix et de toute volonté personnelle.

« Selon les pays et les époques, le soufisme a toujours su s'adapter aux hommes qu'il rencontrait afin de toucher leur être profond, par-delà les formes culturelles qui étaient les leurs.

« Car la vérité est une, mais les paroles sont multiples. C'est dans ce sens que l'on dit des soufis qu'ils sont les "fils de l'instant".

« Aujourd'hui en France, à une époque et dans un pays où le fait de retrouver le sens de notre existence est devenu une impérieuse nécessité pour de nombreuses personnes, il me paraît important de pouvoir dire quelques mots sur la Voie Qadiriyya Boutchichiyya*,

---

* Il s'agit de la branche marocaine de la confrérie soufie fondée au XIIe siècle à Bagdad par l'illustre théologien musulman Abd Al Qadir Al Jilani. L'héritier actuel du *secret spirituel* est

telle qu'elle est vécue dans notre pays depuis plusieurs années par un certain nombre de disciples d'origine française ou étrangère.

« Cette petite discussion n'a pour objectif que de présenter quelques repères, qui permettront ensuite à tous ceux que cela intéresse de cheminer et de découvrir par eux-mêmes, à travers leur propre pratique, les aspects toujours plus intérieurs et toujours plus subtils de cette Voie soufie vivante et authentique.

« Mon propre propos ne se veut rien d'autre qu'un témoignage. Je remercie ceux qui ont organisé cette petite rencontre. »

Le père se taisait.

Thomas, lui aussi, écoutait Pierre sans rien dire. Il regardait le soleil se coucher à travers la fenêtre, devant lui.

Il se sentait transporté ailleurs, mais ne savait pas pourquoi.

Il s'était toujours cru à des années-lumière de ce genre de considération et voilà qu'il était

---

son quatorzième descendant, Sidi Hamza al Qadiri al Boutchich. (Note de l'auteur.)

là, perplexe devant ce déferlement qui sortait de la bouche de son frère :

« La relation entre le disciple et le Maître est une relation d'éveil et de fraternité, pas une relation de maître à esclave.

« Les soufis disent souvent que "la Voie, c'est le Maître". Une voie spirituelle n'a donc de sens que par rapport au Maître spirituel qui, telle une source d'eau vive, l'irrigue et la nourrit tout entière.

« Comme l'eau donne naissance à des fleurs différentes selon la nature et la composition de la terre qui la reçoit, les disciples d'une voie pourront paraître différents selon les pays, les milieux socioprofessionnels, les âges ou les autres critères extérieurs. Mais ils s'abreuvent tous à une source unique et parcourent tous le même chemin, chacun à sa manière. C'est cela qui fait d'eux des frères spirituels, au-delà des différences extérieures.

« Et cette relation de fraternité devient de plus en plus concrète, du fait des expériences

intérieures que chacun est amené à vivre au cours de ce cheminement.

« Parce que, si les mots sont impuissants à décrire ces états à ceux qui ne les ont pas vécus, ils permettent déjà de les évoquer avec ceux qui les ont goûtés et, au moins, de les esquisser pour ceux qui ne les ont pas vécus.

« N'est-il pas surprenant de s'apercevoir que nous pouvons partager beaucoup de choses profondes et subtiles avec quelqu'un qui semblait a priori très différent de nous, alors que des personnes qui nous étaient très proches sur le plan affectif, social, intellectuel ou culturel peuvent sembler ne plus nous comprendre dès lors que l'on aborde les aspects de ce cheminement intérieur ?

« Cela n'est en fait qu'un reflet de ce que l'on nomme le secret spirituel (Sirr). *Déposé par la permission divine dans le cœur du Maître, c'est ce secret qui rend la Voie opérative et permet la transformation progressive du disciple.*

« Le rapport au Maître ne sera donc ni un rapport d'amitié, ni un rapport de conversation

courtoise ou savante. Il ne s'agit pas non plus d'un rapport dans lequel le Maître aurait pour vocation de dicter à ses disciples le moindre de leurs faits et gestes, ou de prendre en main la gestion de leur vie quotidienne. Un véritable Maître spirituel n'est jamais un "maître à penser".

« Car ce n'est pas par la pensée, ni par le raisonnement discursif que l'on peut connaître la réalité divine. Dieu n'est ni une formule mathématique, aussi sophistiquée soit-elle, ni un concept issu de notre réflexion, aussi pointue soit-elle. De ce fait, l'enseignement spirituel n'aura pas grand-chose à voir avec l'enseignement profane.

« Un sage a décrit le Maître authentique en ces termes : "Ton Maître n'est pas celui qui te transforme par son silence ou sa parole, mais celui qui te transforme d'abord par sa simple présence. Il n'est pas celui dont l'expression t'accompagne, mais celui dont l'allusion spirituelle te pénètre. Il n'est pas celui qui t'invite à la porte, mais celui qui soulève le voile qui te sépare de Dieu. Il n'est pas celui qui te dirige

par des paroles, mais celui qui te transforme par son état spirituel. Il est celui qui te délivre de la prison de tes passions pour t'introduire chez Dieu, le Maître des mondes. Il est celui qui ne cesse de polir le miroir de ton cœur jusqu'à ce que s'y irradient les lumières de ton Seigneur. Il t'élève vers Dieu et, lorsque tu t'es élevé, il te transporte vers Lui. Il ne cesse pourtant de te garder jusqu'à ce qu'il te dépose entre Ses Mains. Il t'introduit dans la lumière de la présence divine, et te dit : *'Te voilà, et Ton Seigneur !'"*

« La subtilité de la relation qui unit le Maître et son disciple n'a d'égal que son caractère extrêmement précieux.

« Le Maître est un saint qui a été choisi pour appeler et pour accompagner les hommes sur un chemin de retour vers notre Créateur, c'est-à-dire du retour vers notre nature profonde.

« Pour qu'une personne puisse remplir cette fonction, une double condition s'avère nécessaire. Il faut qu'il y ait à la fois transmission par un autre Maître de ce secret spirituel et confirmation divine de cette autorisation d'enseigner.

Une chaîne ininterrompue relie ainsi tous les Maîtres authentiques, du Prophète Muhammad (PSL) jusqu'à nos jours.

« Homme éteint à lui-même, mais subsistant par Dieu, le Maître est avant tout un éducateur spirituel. Il est le médiateur parfait qui nous met en contact avec cette réalité divine dont nous sommes originaires, mais dont nous avons perdu la perception. Homme réalisé, il nous transmet les moyens de réveiller notre cœur, ce cœur qui est pour les soufis l'instrument de la perception spirituelle.

« En renouant avec cette perception du cœur, nous retrouvons le sens véritable de notre existence. Par une "remise confiante" à Dieu, nous apprenons dès lors à déchiffrer et à suivre les signes qu'il nous envoie, pour nous accompagner vers Lui. Nous retrouvons cette paix intérieure que mentionnent les livres sacrés, et la reconnaissance joyeuse de celui qui sait que tout ce qui lui arrive est une miséricorde. Nous retrouvons l'amour de la création tout entière, comme autant de visages d'une seule et même réalité.

« Ce qui nous empêche de ressentir cela, c'est la tyrannie de notre ego. Notre ego qui est en fait notre "dictateur" actuel.

« C'est lui qui nous dicte notre conduite, qui nous pousse à agir, ou au contraire à ne pas agir.

« C'est lui qui jauge et qui juge de chaque chose, non pas en fonction de ce qu'elle est vraiment, mais de ce qu'elle peut lui apporter.

« C'est lui qui, par peur, refuse ou rejette tout ce qui ne va pas dans son sens, tout ce qu'il ne connaît pas ou ne maîtrise pas.

« C'est lui qui, par désir, convoite et prend de force ce qui ne lui appartient pas.

« Rien ne nous mène autant que l'illusion. Parmi les choses qui tiennent l'homme éloigné de Dieu, il y a avant tout la crainte de perdre ce qu'il a, et le désir d'obtenir ce qu'il n'a pas.

« La Voie spirituelle est donc axée sur la lutte contre l'ego, dans son sens négatif et passionnel.

« Le rattachement à la Voie prend la forme du "pacte initiatique". Par ce pacte, le disciple*

---

* *Pacte initiatique* : rituel symbolisant la connexion « de cœur à cœur » du Maître au disciple. (Note de l'auteur.)

s'engage à se conformer aux directives du Maître, et celui-ci s'engage à le mener jusqu'à la Présence Divine. On dit que celui qui reçoit le "pacte initiatique" reçoit en germe la sainteté.

«À compter de ce pacte, le cœur du Maître et celui de son disciple sont comme reliés par un lien invisible ; le premier peut alors transmettre au second le secret dont il est dépositaire.

«La science qui en émane se dévoilera ensuite progressivement, non pas sous la forme d'un savoir théorique, mais plutôt sous la forme d'un goût intime, sans cesse plus profond et plus intense.

«Comme l'indique notre Maître Sidi Hamza (Que Dieu soit satisfait de lui), "le soufisme n'est pas une science des papiers mais une science des saveurs". Bien souvent d'ailleurs, cette ouverture s'opérera sans que le disciple ait pleinement conscience qu'elle lui vient du Maître, puisque c'est du tréfonds de son être qu'elle surgira.

«Il ne s'agit pas ici d'idées ou de sentiments, mais véritablement de perceptions intérieures.

« L'expérience de la Voie se compare volontiers à une coloration qui remplit peu à peu les compartiments de notre vie et qui aboutit à changer profondément notre regard, à la fois sur les événements que nous vivons et sur l'existence elle-même. En transformant le regard que nous portons sur les choses, cette expérience transforme aussi nos réactions face aux situations auxquelles nous sommes confrontés. Et cela amène une modification de notre comportement qui fait de nous, chaque jour, de meilleurs serviteurs de la volonté divine, conformes en cela au modèle d'excellence prophétique.

« Dieu affirme dans le Coran : "Je n'ai créé les Hommes et les Djinns que pour qu'ils m'adorent." *Les soufis font ainsi de la servitude vis-à-vis de Dieu le degré le plus élevé de réalisation spirituelle.*

« En retrouvant notre nature profonde, nous retrouvons le sens de l'acceptation active de la volonté divine. L'affirmation de la supériorité de Sa volonté sur la nôtre nous permet de retrouver la paix intérieure. Libérés de nos passions

et de la tyrannie de notre ego, nous retrouvons peu à peu cette capacité d'amour désintéressé de l'ensemble de la création, qui est d'ailleurs l'état naturel du tout jeune enfant.

« "Dieu seul sait ce qu'il y a dans vos cœurs", *nous dit le Coran. Face au regard divin, auquel rien ne peut échapper, c'est donc à chacun d'entre nous de s'interroger sur ses véritables motivations, avec pour seul critère notre sincérité.*

«À un homme venu l'interroger sur la droiture, le Prophète (PSL) donna cette unique réponse : "Interroge ton propre cœur."

«Dans la Voie, c'est l'orientation intérieure vers le Maître qui va permettre au disciple d'écouter peu à peu effectivement son cœur, et non pas un sentiment ou une idée diffuse qui ne serait que le produit de son état psychologique du moment.

«De même que celui qui regarde la lune peut voir la lumière du soleil par reflet, de même le disciple peut recevoir la lumière divine en orientant son cœur vers celui du Maître spirituel.

«Au travers des invocations et des pratiques qui vont l'amener à goûter à la qualité

particulière de cette lumière, le disciple va apprendre progressivement à la reconnaître en lui-même, parmi les multiples perceptions qui l'agitent.

« C'est cette lumière qui va ensuite l'accompagner tout au long de son cheminement, et cela explique toute l'importance qui est accordée à "l'orientation".

« Cette "orientation" est une notion à la fois essentielle et, en même temps, extrêmement subtile. Pour l'évoquer, Sidi Hamza utilise une image : "Lorsque l'on possède un miroir sale et rouillé et que l'on désire qu'il reflète parfaitement le soleil, il faudra effectuer deux types d'opérations. D'abord, polir le miroir : ce polissage du cœur s'effectue par le biais de l'invocation*. Ensuite, l'orienter vers le soleil afin que celui-ci s'y reflète parfaitement : c'est pour cette raison qu'il vous faut orienter votre cœur vers celui du Maître. On peut invoquer

---

* *Invocation, invoquer* : adaptation en français du mot arabe *dhikr* qui signifie « se rappeler, se souvenir de la réalité divine » en répétant des noms divins ou des formules issus du Coran. (Note de l'éditeur.)

pendant des heures et des heures ; si on ne s'oriente pas, c'est du temps perdu, c'est inutile. C'est comme si l'on désirait qu'un bol recueille de l'eau du ciel et que l'on mette ce bol à l'envers : il pourra pleuvoir des trombes d'eau, le bol ne recueillera pas la moindre goutte. En revanche, si le bol est orienté vers le ciel, même s'il ne tombe qu'une seule gouttelette, il la recueillera." »

6

OÙ L'ON RETROUVE LE NARRATEUR QUI RÉVÈLE AU LECTEUR CE QU'IL ADViNT DE THOMAS

C'était le lendemain du jour où Pierre avait expliqué son choix à son père et à son frère.

Le soir, comme à son habitude, Thomas rentra un peu plus qu'éméché d'une soirée entre amis un peu plus qu'arrosée.

La maison dormait à poings fermés. Seul, un trait de lumière sous la porte de la chambre de Pierre empêchait que l'obscurité soit totale.

Thomas se traînait difficilement à l'étage lorsque la porte s'ouvrit brusquement.

Pierre, tout sourire, apparut et lui fit signe de le suivre.

Thomas escalada les dernières marches et, avant de rentrer dans la chambre de Pierre, regarda à gauche et à droite, comme s'il traversait une rue.

– Ferme la porte, assieds-toi là, lui dit doucement Pierre en lui montrant un tabouret en face du lit. Je vais te montrer quelque chose.

La lumière de la chambre était tamisée, presque orange. Sur un petit tapis rectangulaire au sol, se trouvaient une sorte de chapelet couleur ivoire et une sorte de pupitre en bois sur lequel était posé un livre épais, ouvert sur des pages illisibles.

Pierre, qui était de dos, cherchait quelque chose dans une armoire pendant que Thomas dansait une valse furieuse, assis sur le tabouret, se demandant dans son brouillard ce que pouvait bien vouloir lui montrer son frère à 4 heures du matin.

– Regarde, lui dit-il.

Pierre brandissait une grande photo dans un cadre vert.

Un homme vénérable mais dont on n'aurait pas pu dire l'âge, assis en tailleur, la barbe immaculée, tout vêtu de blanc, les yeux cerclés de lunettes, un élégant turban sur la tête, y arborait un sourire d'une douceur époustouflante.

Thomas fut comme balayé, puis aussitôt remis sur pied par cette vision impromptue.

Le temps semblait s'être arrêté et l'espace se tordait. Le souffle coupé, Thomas se retrouvait en plein milieu d'un désert, cloué sur un tabouret.

Aussi extraordinaire et incroyable que cela puisse paraître, Suleyman n'a pas douté une seule seconde lorsque Thomas « Sidi Aqil » Miniard lui a lui-même expliqué ce qui lui était arrivé ce soir-là.

Il lui raconta que, quelques minutes après avoir vu la photo que lui avait montrée son frère, ses mains se mirent à trembler si violemment qu'il prétexta quelque chose et s'enfuit presque en courant dans sa propre chambre.

Il ferma la porte à clef.

Et à peine s'était-il assis sur son lit que son corps tout entier se mit à trembler frénétiquement.

Il pensa d'abord qu'il faisait un mauvais trip à cause de l'alcool et de la cocaïne qu'il avait pris quelques heures plus tôt. Mais il ne ressentait aucune douleur et était à présent totalement lucide.

Son corps n'arrêtait pas de trembler. Il était pris de violentes convulsions.

Il commençait à avoir peur. De plus en plus peur. Il se dit qu'il était peut-être en train de mourir...

Il se mit à pleurer, quand, soudain, le mur en face de lui s'effondra littéralement pour laisser place à deux larges colonnes de lumière qui traversaient la pièce de part en part.

Sans savoir pourquoi ni comment, Thomas ne trembla plus.

Il jaillit alors hors de son lit et se jeta sur le sol pris d'un besoin inextinguible de prier.

7

LETTRE DE SULEYMAN À UN DE SES POTES DE LA CITÉ

Strasbourg, le 4 septembre

Ali Al Lamti
Numéro d'écrou 22 816 Y
Maison centrale d'Ensisheim
49, rue de la 1re Armée française
68190 Ensisheim

Comment vas-tu, Ali ?

J'espère que ça va et que t'as le moral. Ma lettre doit te surprendre, c'est vrai que j'ai mis le temps. Mais vaut mieux tard que jamais, non ? Je sais pas pourquoi j'ai pas écrit plus tôt. C'est juste que j'arrivais pas à me décider, je crois. J'espère que t'as bien reçu mes mandats et que ça t'a permis de cantiner un peu. J'ai fait des démarches pour essayer d'avoir parloir avec toi, mais, au tribunal, on m'a dit que ce serait chaud parce que je suis pas de la famille, alors on va voir. J'ai donné tous les papiers nécessaires, mais, de toute façon, je crois que ça dépend de la suite qu'ils vont donner à ton affaire. Mais bon, c'est des chiens, faut pas que je rêve trop. J'ai vu ton frère y a une semaine, il m'a dit pour ton transfert. Insha'Llah que ça se fait. C'est trop galère, surtout, pour les renpa, de se taper tous ces kilomètres pour te voir juste quelques minutes...

Déjà que dehors ils nous prennent pour de la merde, alors quand t'es dedans...

Le jour où vous êtes tombés avec les autres, toute la cité était déjà au courant. Tout le monde parlait, j'étais dégoûté woullah ! Mais tu connais, ils aiment bien les histoires croustillantes au quartier. Y a trop de jaloux qu'ont parlé bête aussi, mais ça, c'était obligé.

Le lendemain dans le journal, y a eu un article de ouf. J'ai halluciné, je te jure. Comme si c'était le casse du siècle. En plus, la baltringue qu'a fait l'article, il en a rajouté exprès, j'avais la rage, la vie de moi ! Toute la journée, j'étais vénèr grave. Je voulais m'excuser aussi pour le tribunal : quand on m'a appelé à la barre, j'ai fait quelques gaffes. En tout cas, j'ai pas été satisfait de ma prestation. Je crois pas t'avoir aidé, et c'est ça qui me vénèr le plus. Y avait trop de gens, trop de keufs, trop de gendarmes. J'avais trop la pression. Et la justice, elle est jamais de notre côté de toute façon. On a trop pas de valeur pour elle. T'as vu comme le juge et le procureur ils étaient hostiles ! Ça m'a donné envie de pleurer et de vomir en même temps. Quand tu penses que c'est ce genre de gars qu'ont droit de vie et de mort sur nous dans un tribunal... Ma mère a paniqué quand t'es tombé. Elle m'a séquestré pendant une semaine à la maison, elle avait peur qu'il m'arrive la même chose.

Sinon, ici rien de neuf. T'as dû apprendre de toute façon pour Brahim et Christophe. Ça m'a fait un choc, jusqu'à maintenant j'arrive pas à y croire. Peu de temps après que tu sois tombé, Christophe, il est parti en cure. Il voulait vraiment arrêter. C'est ce qu'on croyait en tout cas. Il a fait six mois de cure. Si tu l'avais vu, il est ressorti avec la pêche. Il a tenu deux semaines. On l'a retrouvé dans une cave de mon bloc. Tu sais à l'endroit où on limait les joints de culasse dans le temps. O.D., il a pas tenu, ça faisait trop longtemps. C'était la foire : ambulance, pompiers, keufs et tout. Ses renpa, ils faisaient trop de peine. Ils pleuraient tous en bas de l'immeuble. Ça m'a fait mal, je te jure. Brahim l'a rejoint à peu près un mois après. C'est comme s'il y avait un nuage de poisse dessus le quartier. Je suis allé à l'enterrement avec Saïd. Y avait tout le monde, toutes les vieilles têtes. Tu sais quoi ? Le truc qui m'a vraiment dégoûté, c'est quand j'ai vu Meyer. Ils ont pas de respect, les RG...

Il croyait quoi ? Qu'il allait trouver deux, trois balances au cimetière ou quoi ? Ils en ont pas déjà assez avec tous les toxicos qui travaillent pour eux ! C'est quoi le message qu'il voulait nous passer, qu'on doit trimer jusque dans la tombe, c'est ça ? Un peu de respect pour les morts, quand même ! Il saluait les gens et personne lui répondait. Franchement, je suis un mec poli, t'as vu, mais là, c'était bien fait pour sa gueule.

Je savais que Brahim, il lui arriverait un truc un jour sur une moto, mais je pensais à un simple accident. J'aurais jamais imaginé ça, je te jure. Ça m'a fait réfléchir grave. Tu sais, même pas trois jours avant, j'étais avec lui. On a parlé de toi. Il pensait que peut-être, quelque part, c'était mieux que tu sois en zonz. Au moins, t'étais en sécurité, c'est ce qu'il pensait. Il m'a serré la main plus longtemps que d'habitude, en tout cas, c'est l'impression que j'ai eue. Et là, dans le cimetière, je regardais un trou avec cette caisse en bois qu'on allait bientôt recouvrir de terre... J'arrivais pas à l'imaginer dans cette boîte. La vie, c'est rien et, au fond de moi, j'ai eu le sentiment que ça allait bientôt être mon tour. J'ai chialé *comme un gamin en rentrant à la baraque. Après le cimetière, j'ai un peu parlé avec ton frère Ziad, il a dû te le dire. Il m'a dit que tu poussais grave et que t'étais devenu un bœuf ! Il m'a dit aussi que tu faisais la salat maintenant. Dans le trip dans lequel j'étais, ça m'a fait hyper plaisir de savoir ça, je te jure. Moi aussi, j'y pense de plus en plus, tu sais. Les morts de Brahim et Christophe m'ont traumatisées. Surtout celle de Brahim, parce que c'était notre pote, en plus, j'étais à l'enterrement. Et puis Brahim, c'était pas un toxico, t'as vu.*

*Voilà, je crois que j'ai tout dit. Ici, comme tu t'en doutes, la galère, elle fouette sec mais on est pas au schtar**, *on a pas trop à se plaindre. J'ai arrêté les conneries, tu sais. Je travaille des fois en intérim en Allemagne et je fume plus trop, juste de temps en temps quoi. L'alcool, j'ai arrêté net par contre, j'ai pas eu trop de mal en fait. Mais tu connais les autres, c'est des rats, ils font tout pour me*

* Synonyme de *zonz* et de *happs*, donc «prison». (Note de l'éditeur.)

faire replonger, mais y a rien à faire, cousin, je m'accroche !

Au fait, tu te souviens de Nasser, le petit frère d'Hicham, celui qu'habite l'immeuble en face du tien ? Tu te souviens comme il était timide, gentil et tout ? Eh ben ! c'est un gros dealer de coke maintenant. Il a planté Momo dans son café, y a quelques jours. Tu te rends compte, dans son propre café ! Trois coups de couteau dans les côtes. Momo, il pourrait être son père... Soi-disant qu'il lui aurait manqué de respect, mais paraît qu'en fait ils étaient en affaire tous les deux et que Momo, il a voulu le carotter. Personne a bronché quand Momo, il s'est fait allumer. C'est pas honteux ça ? Il a seize piges, le gamin, merde ! Juste pour le principe, on devrait pas le laisser faire sa loi comme ça. Moi, je te l'aurais fait marcher droit, crois-moi, à l'ancienne ! Mais qu'est-ce que tu veux, je me mêle de plus rien maintenant... même les « salut les gars », je tape plus dedans. Tout le monde vend. Les stups, ils font des filatures de ouf. Alors tu dis « salut » à un mec et, le lendemain, t'es au gnouf, complice *d'un dealer, alors que tu le connaissais même pas, le gars ! Pas de risque : tout le monde vend, alors je fréquente personne. Je reste avec nos gars, t'as vu, les vrais avec qui on bougeait dans le temps et qui sont pas devenus chelou. Des fois, je regrette même l'époque de l'héro, je te jure, au moins on savait que ceux qui vendaient, c'étaient des bâtards ! Maintenant, les petits qui vendent de la CC*[*]*, tout le monde les respectent. C'est le monde à l'envers. Y a des gars de notre génération qui traînent avec ces gamins, juste parce qu'ils vendent des kilos ! T'arrives à le croire, ça ?*

Là, je crois que je t'ai vraiment tout dit. Nous, on est là, on bouge pas. Paraît qu'en promenade t'étais souvent avec Joël, le Malgache. C'est lui qui me l'a dit, y a quatre, cinq mois. Quand il m'a dit que tu t'étais laissé pousser la barbe, je savais qu'il y avait du dîn[**]

* *CC* : façon de désigner la cocaïne. (Note de l'éditeur.)
** « Religion » en arabe.

là-dessous. Je suis vraiment content, ma parole. Tu te rappelles le vieux docteur Blanchot, celui qui nous faisait des certificats médicaux quand on faisait exprès d'avoir mal au ventre pour pas aller en cours, eh ben ! il a pris sa retraite et s'est fait remplacer par un autre médecin, un jeune bab, pas un métis ou quoi, mais un mec qu'a la totale, cheveux blonds et yeux bleus, le pur Gaulois. Mais devine quoi ! Le type, c'est un frère, un musulman qui fait la salat et tout ! J'ai tapé l'ami avec lui. Il a trop de lumière, le frère, on parle beaucoup ensemble. Il me passe quelques bouquins aussi, de temps en temps, je m'instruis un peu en attendant que je trouve la force de faire sérieusement la prière comme toi insha'Llah. Soraya, Rachid, Yvon et tous les autres te saluent. Garde la pêche et porte-toi bien.

Ton frérot !

PS : S'il y a quoi que ce soit, n'hésite pas. Et, même si j'écris pas trop, tu sais que j'ai toujours une pensée pour toi.

8

SULEYMAN DÉMYSTIFIE LES POSTULATS DE LA BANLIEUE

J'ai posté la lettre avant de me rendre à la demi-lune.

En plus de l'écouter, j'avais pris l'habitude de raconter ma propre vie à Thomas « Sidi Aqil » Miniard.

En termes d'humeur, ça oscillait selon les jours. Il y avait des jours « avec » et il y avait des jours « sans »...

Là, je vivais un jour « sans », parce que je pensais à mon pote Ali. Je me lâchais, Thomas était là :

« Je sais qu'Ali réfléchit en prison... Je sais qu'il réfléchit quelque chose... Je ne sais pas trop quoi, mais je le sens... Vraiment !

« Et puis, lorsque l'on cogite comme ça, des trucs nous traversent l'esprit, des trucs auxquels on n'a jamais pensé mais qui, au final, s'avèrent être hyperimportants... »

Je crois que je voulais me rassurer, que je voulais me convaincre que mon pote pouvait tirer profit d'une situation qui était objectivement nase :

« Et puis, on te pourrit tellement la vie au trou que tu finis par te dire que tu dois être important pour qu'on s'acharne comme ça sur ta gueule. Ça tombe sous le sens.

« Et si tu es un type important, alors faut pas te gâcher, faut faire quelque chose de ta vie... Ça aussi, ça tombe sous le sens.

« Et puis, tu te galères tellement, que, chaque jour, tu te prends la tête sur quelque chose de neuf et c'est pas forcément négatif, ça dépend juste sur quoi ton intérêt se porte.

« Alors, avec tout ça, tu finis forcément par te rendre compte de toi, de ton propre point de vue, de ton existence en tant qu'individu indépendamment de tes potos, de la cité et de ta mère qui t'a élevé toute seule et qui vient te voir en pleurs au parloir...

« Bien sûr, tu es ce qu'ils appellent un délinquant, un voyou, une "caille"...

« Tu l'as accepté, comme dans ces films américains où l'on suit le héros, qui est un vrai trou, à une réunion d'Alcooliques Anonymes et qui s'avance devant tout le monde, prend son courage à deux mains et dit : "Bonjour, je suis Untel et je suis alcoolique." "Bonjour Untel", lui répondent en chœur les autres.

« Sauf que toi ça serait plutôt : "Bonjour, je suis Untel et je suis une racaille !" Mais là, personne te répond, parce qu'il y a peu de gens finalement qui savent comment ça procède une "caille".

« Peu de gens qui comprennent qu'orienter systématiquement un gamin, en lui donnant une certaine image de lui-même, dans un certain type d'établissement, pour un certain type de population et, ensuite, le livrer à lui-même comme ça dans un monde où *tu es* par rapport à ce que *tu as*, ça peut être déstabilisant, non ?

« Alors, voilà le topo : tu as quitté l'école parce que, franchement, y avait pas de perspectives. Tu te retrouves dans la cité à rien foutre, au chômage ou au RSA (c'est selon, que tu sois procédurier ou pas), t'accumules les frustrations : pas de situation, pas de thune, donc pas de meufs. Et t'es sollicité de toutes parts (les clips de rap et les différentes formes d'agressivité marketing), harcelé par la police (c'est le délit de sale gueule), harcelé par ta mère : "Trouve-toi un job ou sors de chez moi !"

« Et puis, t'as aucune compétence, vu qu'à part compter et lire tu n'as pas appris grand-chose en cours.

« Qu'à cela ne tienne, tu commences par vendre du shit et de la beuh, ça se passe plutôt bien.

« Et comme l'argent appelle l'argent, et qu'on en veut toujours plus, tu décides de te mettre à l'héroïne, à la cocaïne et au crack.

« Et comme tu as le sentiment, maintenant, de vivre comme tout le monde, d'être comme tout le monde finalement, tu te dis qu'au fond tu fais pas tant de mal que ça. Pas plus en tout cas que les types qui vendent des armes, qui polluent la planète ou qui violent des enfants.

« Malgré tout, tu peux encore avoir des problèmes de conscience. Mais la rue te propose d'autres options.

« Si tu es courageux, je veux dire si t'en as vraiment dans le pantalon, si t'es un vrai bonhomme et si tu veux vraiment décrocher le gros lot, tu peux monter sur des braquos, par exemple.

« Ça dépend juste de ton tempérament, mais c'est un choix comme un autre.

« Le truc des braquages, en plus que ça rapporte vraiment, c'est que ça te donne aussi une sacrée réputation dans la rue, une respectabilité qui n'a pas de prix et qui te suit même jusqu'en prison.

« Et ça, mon pote Ali, il le sait bien ! Même si, au fond, il n'en a rien à battre d'être un Scarface en cage et qu'il donnerait tout pour être dehors.

« Mais les gamins dans la cité qui sont passés par la case prison pour mineurs (prison qui tient plus de la colonie de vacances que du bagne) et les majeurs qui ont de courtes peines n'ont pas le temps de comprendre. Ils se disent que la prison, c'est rien, que c'est cool.

« Et puis, ces gamins dans la cité qui sont en manque de héros, ils calculent pas ce qui se passe dans la tête de mon pote Ali.

« Pour eux, la perspective de devenir même un taulard mais avec une réputation, c'est mieux que d'être un crevard sans pedigree. Parce que tu peux au moins envisager de te refaire.

« À défaut de chercher à s'élever socialement, tout le monde veut briller, après tout.

« En fait, on finit par se dire que ce qui est bien, c'est ce qui procure du bien.

C'est la pierre d'angle des principes moraux qu'on transmet aux petits frères dans la rue, qui grandissent en nous regardant, en nous admirant.

Et, puisque la loi universelle dit que chaque individu se construit sur un modèle... leur bêtise se greffera tout naturellement sur la nôtre ! »

Thomas « Sidi Aqil » Miniard m'avait écouté attentivement, sans rien dire.

Sans être ni pour ni contre, il me donnait juste l'impression de comprendre.

Alors, j'ai vécu son regard comme une autorisation, l'autorisation de pouvoir me déverser comme ça sans doute pour la première fois de ma vie. Sur mon existence propre et sur celle de tous ceux qui restent béats, dans une sorte de contemplation à l'envers : dans ces cages d'escaliers, dans ces cellules en prison ou enfermés dehors, au café du coin à jouer aux cartes, au billard ou en train de brailler fort pour rien devant un quelconque centre commercial.

« Aux yeux de tous ceux qui sont morts de trouille au-dedans, mais qui agissent comme s'ils méprisaient la peur en général, peut-on trouver grâce ? »

Je questionnais Thomas « Sidi Aqil » Miniard sur les juges, les procureurs, les keufs, les gardiens, les journalistes, les politiciens, tous ces Blancs qui nous connaissent pas et qui ont nos vies entre leurs mains.

Tous ces Blancs qui flippent lorsqu'ils nous croisent dans la rue.

Tous ces Blancs qui étaient ses frères, ses semblables, ses compatriotes à lui, parce que, lui, pouvait objectivement leur montrer patte blanche.

Il me parla des Italiens, des Portugais, des Espagnols et même des juifs qui avaient, dans l'histoire de l'immigration en France, traversé des situations similaires et comment eux s'en étaient sortis.

Sa réponse me fit lui dire que c'était dingue comme on se reconnaissait plus quand on était plus en cause. Et que, si personne nous aidait vraiment, c'était juste tristement humain.

Parce que nos attitudes, elles varient selon qu'on est au centre ou à la périphérie des choses.

C'est sans doute à cause de tout ça que j'ai des *wasswass**, que je questionne, que je cogite comme un type à interner.

Je vous jure que, quand on vous dévisage chaque jour que Dieu fait comme si vous aviez la gueule du type sous cachetons qu'a une camisole sur le dos, eh bien ! vous finiriez par le devenir, taré. Complètement niqué de la tête.

En plus, si tu te pointes à une administration pour régler un truc, un tout petit truc, un papier, une connerie et même je sais pas, moi... allez ! on se tape un délire, si tu te présentes quelque part pour un taffe, t'es sûr qu'on va te vomir à la tronche que t'es pas assez bien, que t'es pas assez beau, que t'es pas assez bon, que t'es pas assez quelque chose.

Et on a beau avoir mal, ça ne change que notre perception d'une réalité qui semble en permanence se foutre de notre gueule.

---

* Terme coranique désignant les « mauvaises pensées » soufflées par de « mauvais esprits ». (Note de l'éditeur.)

Et on a beau l'ouvrir et se la jouer comme moi, et ben ! ça change rien.

Ce qu'il faudrait faire, c'est essayer de rentrer dans mon crâne rasé, essayer d'arrêter de conceptualiser ce qu'on n'a pas vécu dans sa chair pour comprendre, pour entendre l'obscur.

Au lieu de ça, les non-compatissants se débrouillent tout le temps pour souffler leur peur. Parce que tout ce qui est lié à une certaine jeunesse les choque tellement, des fois, que ça les rassure de croire qu'on n'a pas de cœur.

Et ils arrivent à s'en convaincre à demi-mots, à pas feutrés : "Ce sont des sauvageons !"

Ce à quoi les miens rétorquent : "Mais allez tous vous faire enculer !"

Chacun reste campé sur des positions tellement faciles à tenir.

Et de ces vérités tacites découlera tout le reste.

Conclusion : voilà donc les postulats !

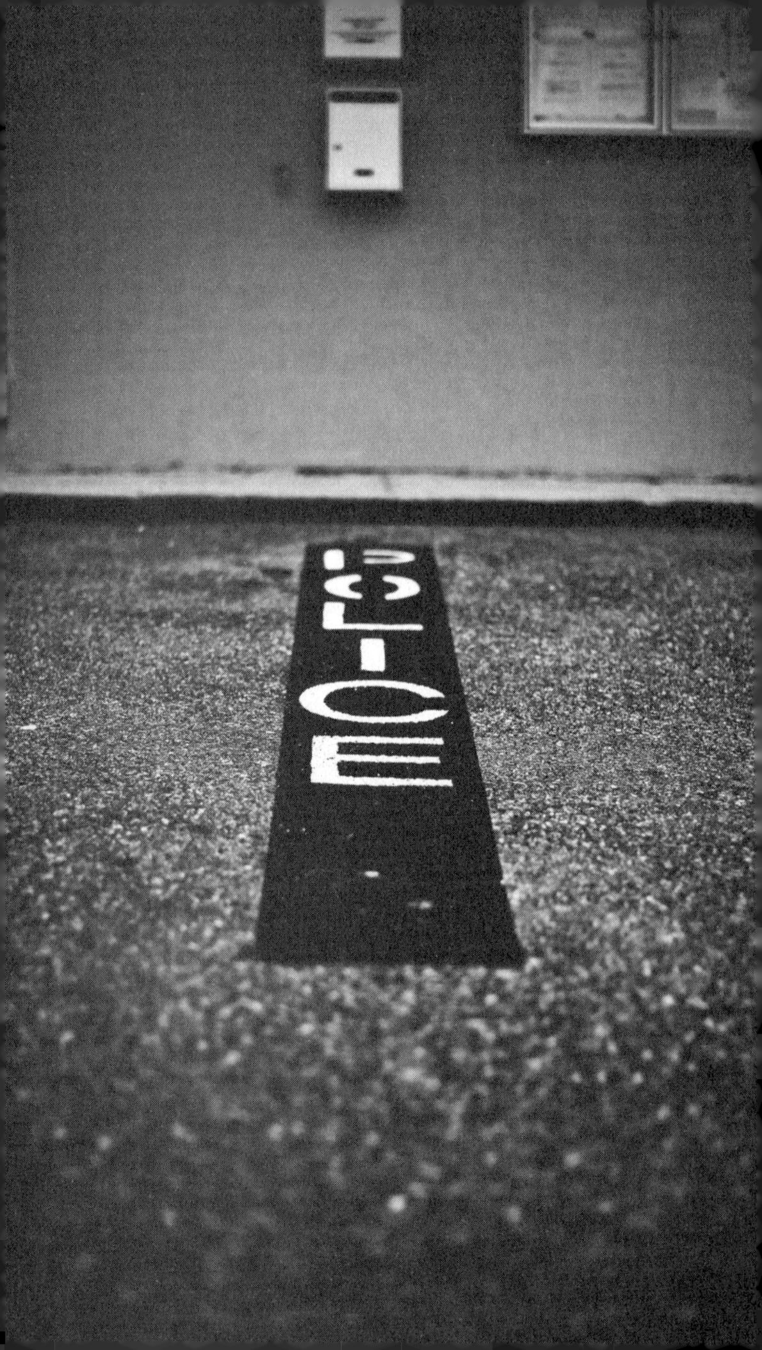
POLICE

9

UN MOMENT PARTICULIER SOUS LA PLUME DU NARRATEUR : BRUNO CHEZ LES KEUFS !

Ce soir-là, la pluie ne cessait de tomber sur l'autoroute.

Des lanternes qui bordaient les voies semblaient pleuvoir de grosses gouttes de lumière.

L'obscurité, tout autour, était comme une masse épaisse de coton noir. Au volant d'une mini Austin bleue, Bruno, le frère aîné de Suleyman, s'y enfonçait en fumant une cigarette, quand son portable sonna.

Une voix de femme se mit à hurler :

– Tu es comme ton père ! Mais ça ne se passera pas comme ça, tu m'entends ?

Il bloqua le téléphone sur son oreille avec son épaule droite et passa les vitesses.

– C'est moi qui t'ai donné la vie, imbécile ! continua-t-elle. Faut vraiment pas avoir de cœur pour laisser sa femme et son enfant sans leur donner signe de vie ! (Il entendait le bébé pleurer.) Ils sont là tous les deux. Et toi, t'es où ?

– C'est ma vie, maman ! répondit-il. T'as pas à rentrer comme ça, tout le temps, dans mes affaires ! Je suis plus un gamin, merde ! Elle est là, hein ? J'entends le bébé. Passe-la-moi !

– T'es plus un gamin ? poursuivit-elle. Alors, agis en adulte ! Une semaine que tu n'es pas rentré chez toi... une semaine !

– Passe-la-moi, je te dis !

– ...

La pluie tombait de plus belle et les essuie-glaces faisaient un va-et-vient grinçant.

– Allô ! fit la voix fluette et hésitante de Chantal. J'arrivais pas à t'avoir, tu répondais pas à mes appels... J'avais peur qu'il te soit arrivé quelque chose.

– Et c'est elle que tu viens voir comme ça, en pleine nuit, pour te rassurer ? s'énerva-t-il. J'en ai marre que tu déballes tout le temps notre vie ! J'en ai marre ! Je t'ai dit que je cherche du taffe, non ? C'est pour nous que je fais tout ça, pour toi et pour le petit.

– Mais ça fait une semaine que j'ai aucune nouvelle !

– Eh ben ! tu m'entends maintenant ! Tout va bien, tout va bien !

– ....

Il raccrocha et jeta le téléphone sur le siège vide, à sa droite.

Presque aussitôt, le portable sonna à nouveau. Il clignotait « Maman fixe » dans l'obscurité du véhicule.

Il murmura une injure et ne répondit pas.

Il tira une dernière bouffée sur sa cigarette et ouvrit la fenêtre après avoir écrasé le mégot dans le cendrier.

Une odeur de pluie envahissait le véhicule lorsqu'il vit dans le rétroviseur une voiture de gendarmes lui faire des appels de phares.

Ils semblaient être seuls sur l'autoroute quand Bruno s'arrêta sur la bande d'arrêt d'urgence.

– Veuillez sortir du véhicule, lui dit le

gendarme qui lui avait demandé les papiers de la voiture.

Il ouvrit doucement la portière et sortit sous la pluie.

Il releva le col de son survêtement et regarda les deux gendarmes qui lui faisaient face.

Il remarqua que celui qui était légèrement en retrait avait la main posée sur son arme.

L'autre gendarme continuait à l'interroger en haussant la voix à cause du bruit que faisait la pluie. Il ne comprenait pas, ses papiers étaient en règle et les questions du gendarme devenaient hors de propos : « Êtes-vous marié ? » « Avez-vous des enfants ? » « Votre pays d'origine ne vous manque-t-il pas ? »

Soudain, le gendarme se mit à le tutoyer : « T'as une belle voiture, dis-moi ! » « Tu l'as achetée cash ? » « T'es dans la came, non ? »

Bruno s'avança vers le gendarme :

– Vous avez pas à me parler comme ça !

Le gendarme en retrait sortit son arme de son étui.

– Oh ! tranquille, les gars ! J'suis en règle, tranquille ! lança Bruno.

10

LA FAMILLE SELON SULEYMAN

On a fini par ne plus parler et, au fil des années, c'est devenu notre attitude la plus normale.

On finit par se connaître tellement avec le temps qu'on n'a plus vraiment besoin de causer.

Sur Thomas, on peut dire que je savais à peu près tout maintenant.

Je savais que c'était une quête qui l'avait ramené vers l'Islam, qu'à sa sixième année de médecine il s'était rendu pour quelques jours au Maroc auprès de son Cheikh, Sidi Hamza, et y était resté cinq ans avant de « revenir au monde ».

Étrangement, il avait ainsi renoué avec son grand-père dont la légende familiale disait que ce fervent chrétien, à la fois ardent défenseur des principes républicains et adepte de la « mystique rhénane », était un véritable saint homme, auquel certains attribuaient même la paternité de nombreux miracles.

Eckart ou ***Eckhart*** (Johannes **Eckhart,** dit Maître), *Hochheim 1260-Avignon ou Cologne v. 1328.*

Théologien et philosophe allemand, dominicain, il enseigne et prêche à Paris, Cologne et Strasbourg. Il est vicaire général de Teutonie (v. 1314). Son œuvre, composée de traités et de sermons, est à l'origine du courant mystique rhénan et se propose d'élever le savoir théologique au rang d'une sagesse véritable. Plusieurs de ses thèses ont été condamnées par le pape Jean XXII.

Je connaissais aussi ce sentiment qu'il éprouvait, sans finalement savoir pourquoi, depuis qu'il était devenu musulman.

Ce sentiment mêlé d'amour et de compréhension face à la place et à l'immensité de la figure de Jésus.

Alors que par le passé il ne ressentait pour lui qu'une sorte d'attachement culturel, il comprenait aujourd'hui que le Christ était venu préparer la perfection comme un pendule oscillant de gauche à droite, d'un extrême à l'autre, du dogme du judaïsme à l'Amour et à la compassion.

Cette perfection était pour lui une synthèse.

Cette perfection était pour lui le prophète Muhammad (PSL).

> *« Si vous m'aimez, vous garderez mes commandements ; et je prierai le Père et il vous donnera un autre* Paraclet, *pour qu'il soit avec vous à jamais, l'Esprit de Vérité, que le monde ne peut pas recevoir, parce qu'il demeure auprès de vous ; et en vous il sera, je ne vous laisserai pas orphelin. »* **(Évangile selon saint Jean, XIV, 15-18)**

Je savais que son Cheikh vivait dans la région d'Oujda au Maroc, la ville même où se trouvait la sépulture de saint Jean, l'Apôtre préféré de Jésus, celui que Marie (la seule femme citée nominalement dans le Coran) considérait comme son propre fils.

Tout cela était lié, tout cela faisait sens pour lui.

Il avait le sentiment d'avoir l'essence des trois religions dans le cœur et que les prophètes – Abraham, Moïse, Marie, Jésus, Muhammad et tous les autres – avaient tous été finalement envoyés par la même source pour être garants à travers les âges de la lumière divine et de la possibilité de percer le mystère de la Création.

Tous ces prophètes procédaient donc de la même famille spirituelle.

Il n'y avait donc pas de rupture entre lui le Musulman et ses aïeux chrétiens, mais plutôt une profonde continuité.

11

LE NARRATEUR A DE LA MÉMOIRE : AU COMMENCEMENT ÉTAIT LA FRATERNITÉ

Quittons un moment les banlieues.

Retournons quelques siècles en arrière et remontons à la source spirituelle et familiale de Sidi Hamza Al Qadiri Al Boutchich...

MUHAMMAD (570-632)

« Et dites : Nous croyons en ce qu'on a fait descendre vers nous et descendre vers vous, tandis que notre Dieu et votre Dieu est le même. » **Sourate 29, Al-`Ankabût, l'Araignée, verset 46.**

Un jour, après la prière de l'après-midi, une délégation de Chrétiens de la région du Najrân vint visiter le prophète Muhammad (PSL) à Médine. Ils étaient désireux de conclure un traité de non-agression avec les Musulmans. Ils étaient une soixantaine et le Prophète (PSL) les reçut à la mosquée avec une grande déférence. Ils discutèrent ensemble sur de nombreux points et, quand arriva une certaine heure, ils s'apprêtèrent à prier dans la mosquée. Les fidèles voulurent alors les en empêcher, mais Muhammad (PSL) leur ordonna de les laisser faire. Ils se tournèrent alors vers l'est et firent leur prière.

Le lendemain, c'est chez lui que le Prophète (PSL) reçut la délégation chrétienne. Il sortit lui-même les accueillir au pas de sa porte. Il était accompagné de son gendre Ali, qui se tenait à son côté ; et aussi de sa fille Fatima et ses deux petits-enfants, Hassan et Hussein, qui étaient debout derrière lui. Le Prophète (PSL) portait un grand manteau et il l'écarta de manière à pouvoir envelopper toute sa petite famille. Cette image allait rester gravée dans les mémoires ; et c'est avec respect et émotion que les Musulmans à travers les siècles se souviendraient de ces cinq personnes comme « Les gens du manteau ».

Le dernier des prophètes (PSL) signa avec la délégation chrétienne un traité qui prévoyait, moyennant le paiement d'un impôt, la pleine protection des Chrétiens par les Musulmans : la protection de leurs personnes, de leurs églises et de toutes leurs autres possessions.

> « *Ô Humanité ! Nous vous avons créés d'un seul couple, d'un homme et d'une femme. Nous vous avons répartis en nations et en tribus afin que vous vous entreconnaissiez (et ne vous méprisiez point). En vérité, le plus digne devant Dieu est celui d'entre vous qui est le plus juste.* » **Sourate 49, Al-Hujurat, Les Appartements, verset 13**.

Ali

Hassan

Ja'afar Assadek

Moussa Al Kadhem

Ali Aridah

Maruf Al-Karkhi

Abul Hasan Siri Saqti

Abul Qasim Junaid

Abu Bakr Abdullah Shibli

Raziuddin Abul Fazl Abdul Wahid Abdul Aziz

Abu Farah Muhammad Yusuf Tartusi

Abul Hasan Ali Ahmad Qareshi al-Hankari

Qadi Abi Said Ali Mubarak al-Mukhrami

ABD AL QADIR AL JILANI (1077-1166)

Abderrazâq le second

Muhammad

Muhammad

Abd al Qâdîr

Ali Sidi Chûayb

Al Hassan

Abû Dakhîl

Muhammad

Muhammad

Muhammad

SIDI ALI (vers 1750, fondateur de la Qadiriyya Boutchichiyya)

Muhammad

Al Mokhtâr le premier

Al Mokhtâr le Grand (v. 1790-1852)

Al Hajj Muhyî Addin

Al Hajj Mokhtâr (1853-1914, grand-père de Sidi Hamza)

Sidi Abu Madyane Ben al-Mnawwaral Al Qadiri Al Boutchich (1873-1955)

Sidi Hajj Abbas (1890-1972)

SIDI HAMZA AL QADIRI AL BOUTCHICH (1922-)

Sidi Abdel' Azziz Ibn Siddiq Al Ghomari était le fils de l'imam Muhammad Ibn Siddiq, qui fut, au début du siècle précédent, le plus célèbre savant de *Hadith** du monde entier. Ses six enfants allaient tous devenir de véritables sommités dans la science qu'il enseignait.

Mais, avec ses frères Abdallah et Ahmad, Sidi Abdel' Azziz allait être le plus célèbre de ses

* Voir précédemment page 72.

enfants grâce à son intelligence, à sa mémoire et à ses qualités humaines hors du commun. Il allait, dès son plus âge, mémoriser la totalité du Coran et recevoir les autorisations *('ijaza)* de plus d'une centaine de professeurs les plus éminents dans le domaine pour devenir l'un des plus grands transmetteurs de *Hadith* du XXe siècle. Il allait recevoir la distinction de *Hafiz al Hadith* décernée aux rares maîtres connaissant par cœur et dans leur totalité plus de 100 000 *Hadith*, leurs interprétations et leur chaîne de transmission.

Il allait enseigner à La Mecque et écrire les plus grands ouvrages de références sur la science du *Hadith*. Son érudition et sa foi étaient telles que de son vivant beaucoup le considéraient comme le maître ultime en la matière (Cheikh al Islam) et « l'Imam Boukhari* de son temps »...

---

* L'imam Boukhari, né au IXe siècle, est l'auteur d'un des deux grands livres de référence de la tradition (*Hadith*) musulmane : *Le Sahih Boukhari*, un ouvrage épais de plusieurs dizaines de tomes. L'autre livre de référence est *Le Sahih Muslim*. (Note de l'éditeur.)

Lorsque, en cet été 1997, Sidi Abdel' Azziz Ibn Siddiq Al Ghomari arriva à la zawiyya de Madagh – la maison mère de la Qadiriyya Boutchichiyya dans l'est marocain, là où vivait Sidi Hamza al Qadiri al Boutchich –, c'est pieds nus qu'il décida d'entrer dans la zawiyya en signe de déférence envers le grand maître éducateur qu'il venait visiter.

Sidi Abdel' Azziz pénétra dans la pièce où se trouvait Sidi Hamza. À sa vue, celui-ci se leva du lit sur lequel il était assis en tailleur et alla à sa rencontre. Il le salua en l'embrassant sur le front et lui demanda de prendre sa place sur le lit qu'il venait de quitter. Sidi Abdel' Azziz hésita un instant puis s'exécuta. Sidi Hamza en toute simplicité s'assit alors à même le sol en plein milieu de ses disciples qui regardaient se dérouler la scène avec stupéfaction.

Pourtant, au bout de quelques instants, Sidi Abdel' Azziz, visiblement étonné et admiratif de l'attitude de Sidi Hamza, n'y pouvant plus, se leva du lit et demanda avec insistance à Sidi Hamza de reprendre sa place parce que, selon ses propres propos, « lui-même ne la méritait pas ».

Les deux hommes allaient passer quelques jours ensemble et échanger sur bien des points spirituels sous le regard émerveillé des quelques disciples qui eurent le privilège d'assister à ces échanges.

Et puis, le soir du *mawlid nabawi* – jour de fête de la nativité du prophète Muhammad (PSL) –, Sidi Abdel' Azziz, assis au côté de Sidi Hamza et devant des milliers de disciples, fit un long exposé sur le soufisme, l'Islam et la place de Sidi Hamza dans la hiérarchie des Saints et des Hommes de Dieu.

Il allait dire entre autres que tout être dans ce monde qui cherchait le secret du « *La ilaha illa Allah** » devait se rendre auprès de Sidi Hamza, car il était le seul et unique détenteur de ce secret. Il allait dire aussi qu'il voyait en Sidi Hamza de façon manifeste toutes les qualités du Prophète de l'Islam (PSL) qu'il avait passé toute sa vie à étudier.

---

* Traduction : Il n'y a pas d'autre dieu que Dieu *ou* Il n'y a pas d'autre réalité que la Réalité.

De retour chez lui à Tanger, Sidi Abdel' Azziz reçut la visite de nombreux savants et docteurs de la loi islamique intrigués par les propos qu'il avait tenus sur Sidi Hamza à Madagh et qui avaient été diffusés à travers tout le royaume en direct à la télévision marocaine. Il écouta d'abord attentivement ses hôtes et leur dit en souriant que ce qu'il avait dit n'était que peu de chose par rapport à la réalité de ce que représente véritablement Sidi Hamza.

12

TOUT FEU TOUT FLAMMES ! TOUT S'EMBRASE, Y COMPRIS LE NARRATEUR

Et puis il y a eu l'incendie de l'école maternelle de la Cité, la veille du jour de l'an.

C'est un événement important, finalement, parce que c'est grâce à ce feu que Suleyman a rencontré Zenabba.

Ça c'était passé pendant la nuit.

Des gamins étaient entrés dans l'école par effraction ; ils l'avaient saccagée avant d'y mettre le feu et s'étaient cachés dans l'immeuble d'en face en attendant les pompiers, munis de piles et de pierres, pour les caillasser.

L'immeuble dans lequel ils s'étaient réfugiés était aussi celui de Zenabba (une renoi que

Suleyman ne connaissait pas plus que ça, qu'il avait juste croisée de temps en temps et qu'il ne calculait pas vraiment).

Tous les habitants des blocs alentour, Suleyman compris, sont descendus pour voir ce qui se passait.

Et ce qu'on vit était triste : des pompiers se démenant comme de pauvres diables pour éteindre un sinistre sous une pluie de projectiles. Je vous dis pas le spectacle !

Et puis, soudain, la pluie s'arrêta.

Au bout d'un moment, on entendit une rumeur dans la cage d'escalier de l'immeuble de Zenabba.

Une dizaine de gamins en sortirent un à un, à reculons, comme fuyant quelque chose.

Maintenant, imaginez la scène : des pompiers en train d'éteindre un feu, la quasi-totalité de la Cité en bas et Zenabba en furie devant les gamins incendiaires (qu'elle avait surpris en descendant du bâtiment quelques minutes plus tôt, caillassant les pompiers et se vantant ouvertement d'être les auteurs de l'incendie).

Face à une scène pareille, que vous soyez croyant ou pas, ce tableau vous ramènerait tous à l'image qu'on se fait tous de l'enfer.

Parfois, la seule explication qu'on puisse avancer face à l'inexplicable, c'est qu'un esprit malin s'empare de quelques jeunes âmes « habitables », en coup de vent, vite fait bien fait.

Certains comme Zenabba sont complètement immunisés, tu le sens, y a pas photo.

Ça ne se voit pas à l'apparence, mais c'est quelque chose de palpable à l'intérieur et tout autour du vêtement.

C'est ainsi que cette nuit-là, l'essence de Zenabba avait improvisé un exorcisme pour déposséder à la fois l'immeuble et les corps « habités » des gamins...

Ça ne manqua pas ! On vit descendre, un à un, non plus les enragés des minutes précédentes mais des gosses ahuris et penauds qui tentaient de se fondre maladroitement dans le décor.

Mais le mauvais esprit avait gardé quelques corps que l'on vit s'éloigner, engloutis par la nuit.

Zenabba regarda tristement Suleyman à ce moment précis.

Le souffle haletant, elle comprenait la même chose que lui et se posait les mêmes questions.

C'est là qu'est née « la flamme », comme on dit : au milieu des cendres encore fumantes.

Les pompiers sont repartis vers 5 heures du matin.

Amour nom masculin.

1. Sentiment très intense, attachement englobant la tendresse et l'attirance physique entre deux personnes. ***C'est une belle histoire d'amour***.

2. Affection que ressentent les membres d'une même famille.

3. Mouvement de dévotion, de dévouement qui porte vers une divinité, un idéal, une autre personne. ***L'amour de Dieu, de la Vérité ou de l'être porteur, d'une manière ou d'une autre, du chemin qui nous mène de l'amour de Dieu à Dieu.***

4. Ce mot désigne également les dernières gouttes d'une bouteille de vin ***(bouteille et vin étant évidemment ici une métaphore, une allusion spirituelle)***.

13

LES ANNÉES ONT PASSÉ... SULEYMAN FAIT LE POINT

Huit ans déjà. Huit ans depuis ma rencontre avec Thomas.

Je crois que Thomas « Sidi Aqil » Miniard, il aurait pu être bouddhiste ou autre chose si cela avait été son chemin.

Bien au contraire, Thomas lui-même pensait qu'il n'avait pas eu le choix d'être autre chose que Musulman, que c'était le destin et qu'il n'aurait pas pu comme ça éternellement se cacher à lui-même.

Il avait définitivement choisi d'être ce qu'il était, choisi de réintégrer l'essence de sa propre histoire familiale.

Et, destin ou pas, ce point précis était fondamental.

Ça lui donnait une sérieuse avance sur la compréhension finale du mystère du libre arbitre.

Alors que moi, Suleyman, j'étais le fruit d'un prétendu déterminisme.

Car, même si le destin ça compte aussi, évidemment, dans mon parcours, ce faux déterminisme est, en plus, un truc artificiel.

Un truc à emporter comme au McDo.

Un truc élaboré par un type dans un bureau, quelque part, je ne sais où, qu'est convaincu de me connaître mieux que moi-même parce qu'il a un costard, un diplôme et des thunes.

Ce truc, que des mecs comme moi trimbalent, cette sous-valeur ajoutée par la connerie de l'homme, eh ben ! elle donne une certaine lisibilité à mon histoire.

Enfin, c'est ce qui se dit en ville dans les beaux quartiers, dans les colloques et dans les universités d'été.

C'est ce qui fait que, bien que certains puissent nous trouver opaques parce qu'on est noir ou bronzé, la plupart ont la prétention de voir clair dans notre jeu (notez le paradoxe !)... alors même qu'on ne joue pas.

Huit ans plus tard, donc. Huit ans après.

Ce fut en automne. Un automne décisif pour mon petit Mokhtar.

Y avait pas moyen, mon fils n'aurait pas la même vie que moi !

Je me le disais chaque jour depuis sa naissance.

En fait, on se le dit tout le temps.

C'est comme un moteur, je dirais même que c'est comme un carburant pour tous les ex-voyous qu'ont des gosses.

Mais là, je me le disais plus que jamais.

C'était la rentrée de mon fils au CP. Et dans une école privée, de surcroît. J'étais heureux, mon Dieu, j'étais heureux !

Il était fier, Mokhtar, et moi aussi.

Son cartable à peine rempli se balançait sur ses petites épaules lorsqu'on fit les derniers mètres qui nous séparaient de l'entrée principale de l'établissement.

Les parents et leurs enfants furent regroupés dans une grande salle.

Nous étions les seuls Noirs, mon fils et moi.

J'ai tout de suite vu à leur dégaine que c'étaient des gens en place dans la vie, des gens pour qui la thune était pas un blème.

Certains ne pouvaient pas s'empêcher de me regarder du coin de l'œil, pas méchamment, mais vite fait.

Ma joie était malgré tout plus forte que mon malaise.

Parce que, quand on vient d'un quartier pourri, plus un monde s'éloigne de celui où tu as grandi, plus ça te rassure même si tu le connais pas.

Hamdull'Illah, Mokhtar sera bien ici.

Deux semaines plus tard, Zenabba, ma femme, récupère notre fils à 16 heures, comme d'habitude.

La directrice lui dit qu'elle voudrait s'entretenir avec nous.

Le mardi qui suit, nous voilà dans son bureau.

Elle nous regarde du haut de sa fonction :

– On rencontre des difficultés avec votre enfant. Pas des problèmes de discipline. Non, il est mignon, il est gentil tout plein, le petit Mokhtar. C'est juste qu'il a vraiment, vraiment beaucoup de mal à suivre.

Je me disais, pendant qu'elle parlait, qu'ils étaient hyper balèzes parce qu'ils avaient déjà réussi, en à peine deux semaines, à détecter les « difficultés » du gamin.

Son discours, il a duré dix plombes.

Et puis, il y a eu une phrase qu'a tout fait *bugger* dans ma tête. Elle a dit, la directrice :

– Vous savez la lecture, c'est important, hein ? Même si plus tard il fait autre chose...

Et là, j'ai regardé Zenabba. Son sang n'a fait qu'un tour :

– Est-ce que vous vous rendez compte, madame, de ce que vous venez de dire ? Ça n'a aucun sens ! De quoi essayez-vous de nous convaincre, au juste ? Que vous vouliez nous entretenir des difficultés que rencontre Mokhtar en lecture est une chose ; mais se permettre avec votre ton là, hein : « Vous savez la lecture, c'est important, même si plus tard il fait autre chose. » Même si plus tard il fait autre chose ! Deux semaines après sa rentrée au CP, c'est censé nous rassurer ? Ou, je sais pas, vous essayez de nous faire passer un message, peut-être... De nous dire, à nous pauvres gueux, au cas où nous aurions pris nos aises, qu'entrer dans cet établissement ne donne pas à notre enfant la garantie qu'il puisse dépasser l'échec inhérent à notre caste ! Rendez-vous compte, il a tout juste 7 ans et vous anticipez déjà son avenir ! Eh bien ! sachez, madame, que la réussite ne nous fait pas peur !

Mokhtar (**Mokhtar** ibn Mokhtar Al Qadiri Al Boutchich dit Sidi Al hajj ou **Mokhtar** le Grand ou **Mokhtar** le Second), mort vers 1852.

Éminent maître de la *Qadiriyya Boutchichiyya*, savant réputé, chef de guerre et figure de la résistance marocaine. Il est connu pour sa droiture et son extrême piété. De nombreux miracles lui sont attribués. Son mausolée demeure jusqu'à aujourd'hui un lieu de recueillement et de guérison. Dans les années 1830-1840, à la frontière algéro-marocaine, avec sa tribu, les Béni Snassen, il apporte son soutien à l'émir Abd Al Kader, l'Algérien en lutte contre l'avancée coloniale française; plus tard, ce sera le général Lyautey qui poursuivra cette colonisation.

Pendant les cinq années qui avaient suivi notre rencontre, j'avais continué à voir régulièrement Thomas « Sidi Aqil » Miniard.

Puis, on s'est moins vus.

Pas comme si quelque chose était mort, non.

Mais plutôt comme si quelque chose avait été activé puis désactivé, tout simplement.

Notre apport réciproque – humain, philosophique et spirituel – était terminé.

C'est fou ! y a des gens comme ça : on a l'impression qu'ils seront toujours dans notre vie... et puis ils disparaissent du jour au lendemain !

Pas physiquement.

C'est juste qu'ils finissent par se fondre dans le décor.

Ils disparaissent, mais leur empreinte reste indélébile.

14

MOKHTAR ET SULEYMAN, SCÈNE FAMILIALE (FIN MOMENTANÉE DE L'HISTOIRE)

– Papa, tu sais, quand j'ai dit à Pierre-Henri, à l'école, que tu m'apprenais la prière parce que j'étais assez grand pour la faire, il m'a dit que j'étais un Arabe… Alors, moi, je comprends plus rien, Papa. On est des Arabes ou des Français ?

– On est des Français, mon fils. Les parents de maman (pépé et mémé) sont originaires du Sénégal, et mamie est originaire du Congo-Brazzaville : tout ça, ce sont tes racines. Mais, toi, t'es Français, parce que tes parents et toi sont nés en France. Et puis, t'es Musulman comme papa et maman, pas arabe. Être Musulman, ça ne veut pas dire être Arabe. Musulman, c'est une religion, pas une nationalité. Il y a des Musulmans arabes, des Musulmans turcs, des Musulmans sénégalais, des Musulmans israéliens, des Musulmans chinois, allemands, indonésiens, indiens, belges, américains, etc. Et nous, on est des Musulmans français. Tu comprends ?

– Oui, Papa. Mais pourquoi il dit, Pierre-Henri, que de toute façon je suis pas Français, parce que je suis Noir et parce qu'on habite dans une cité ? Papa, qu'est-ce que ça veut dire « originaire » ? Et ça veut dire quoi, « nationalité » ?

À suivre, peut-être...

POUR CONCLURE PROVISOIREMENT

FAIRE LA CONCORDANCE DES DIFFÉRENCES

Comment faire pour que, dans un monde globalisé, sur un globe mondialisé, chacun de nous puisse être un, sans se défaire de sa différence singulière qui fait le multiple dans l'un et la beauté du lien ?

Je parle de donner une âme au village global.

Donc, si je parle de moi, je parle de ma cité.

Et si je parle de ma cité, je parle de la France.

Et si je parle de la France, je parle de l'Europe.

Et si je parle de l'Europe, je parle de l'Afrique.

Et si je parle de l'Afrique, je parle du monde.

C'est parce que ce qui est vrai pour un être est vrai pour un pays.

Et ce qui est vrai pour un pays est vrai pour l'Humanité.

Maintenant, imaginez un être sans âme...

Imaginez un être sans vertu.

Imaginez un être sans générosité, un être sans principe, un être sans éthique, un être sans bravoure, un être sans justice, un être sans regret, un être sans respect, un être sans cause, un être sans raison, un être sans mémoire, un être sans sagesse, un être sans savoir, un être sans devoir, un être sans art, un être sans musique, un être sans mystique avec ou sans Dieu.

Imaginez un être sans cœur, un être sans amour.

(Pour une raison ou une autre se mentir à soi-même...)

Imaginez un être-animal féroce, drapé dans les oripeaux de l'Humanité.

C'est peut-être moi, c'est peut-être vous, c'est peut-être nous, et nos actes témoignent toujours, pour ou contre nous-mêmes.

L'histoire, ou le cheminement, d'un individu particulier est notre histoire à tous,

puisque l'on pleure tous salé,

puisque l'on saigne tous rouge.

L'événement historique est à l'anecdotique ce que le tremblement de terre est au battement des ailes d'un papillon.

C'est le pourquoi de mon récit,

et les questions que se posent – et que nous posent ! – mes personnages sont des réponses que je me suis moi-même donné à force de vivre.

Pour me bouger, pour me lever et *essayer d'atteindre l'inaccessible étoile*.

Les plus grands voyages commencent toujours par le premier pas...

Je parle de ma voix, je pars de ma voie, celle que j'ai choisie pour être moi, pour être en paix avec moi

et avec les autres, puisque nous devons vivre ensemble.

Voilà mon propos : c'est à chacun de trouver la voie qui lui correspond pour une solution commune.

Et je témoigne simplement, je parle de la réalité de ma voie.

Je parle de la vérité d'un Islam vécu dans le cadre d'un cheminement harmonieux, humblement et authentiquement spirituel.

Et si l'humanisme est la nécessité du collectif et le respect de l'individu, alors l'Islam est un humanisme.

Mais, encore une fois, à chacun sa voie !

Ce sont les mêmes objectifs que l'on doit avoir en partage.

Objectif commun et règle de vie commune : Liberté, Égalité, Fraternité.

C'est la République qui donne le cadre dans lequel chacun pourra sainement trouver sa voie.

C'est la République qui orchestre la concordance des différences.

Être universel, c'est s'appuyer sur des références peut-être différentes, mais avoir les mêmes idéaux.

Il ne s'agit pas de trouver le remède miracle mais de trouver l'harmonie, entre nous, afin que nous puissions tous ensemble trouver des solutions.

Et l'orage a beau gronder de plus en plus fort de l'autre côté du périphérique, je ne cherche qu'à éteindre celui qui gronde à l'intérieur de moi.

Parce que les lieux ne sont que des métaphores des êtres qui y vivent.

J'insiste. Comprenez bien : un message de paix dans les banlieues est un message universel.

Si vous n'avez pas compris mon récit, voilà ce qu'il signifie !

Qu'on se reconnaisse ou pas, on est tous ces jeunes dans ces cages d'escaliers, tous ces fidèles qui sortent de la mosquée, tous ces jeunes diplômés au chômage, tous ces jeunes qui crachent leur douleur et leur rage dans des disques de rap, tous ces parents brisés par la vie (et accablés par tous ceux qui ergotent sur leur prétendue démission) : puisque nous sommes tous objectivement la France !

Mais on en flicaille certains, toujours les mêmes, pour être sûr, pour vérifier s'ils correspondent à une identité nationale qu'on peine à définir, qu'ils instrumentalisent pour parler de l'immigration, des banlieues et de l'Islam.

C'est l'arbre qui cache la forêt de la crise, de la solidarité qu'on délocalise au fin fond de l'oubli en même temps que les entreprises qui ferment, en même temps que tous ceux qui, avec tout ça, finiront par crever pour de bon. Et tout va tellement vite...

La crise économique n'est qu'une conséquence d'une crise bien plus profonde.

C'est l'Humanité qui est en crise.

Vidée de l'intérieur, elle devient avide à l'extérieur, monstrueuse et sans cœur.

On *est* par rapport à ce qu'on *a*.

Les centres-villes représentent le Nord et l'Occident,

et les banlieues le Sud et les damnés de la Terre.

Ce qui est vrai pour un être est vrai pour le monde, on est d'accord.

Si l'on arrive à pacifier l'être, à résoudre cette crise intérieure, à combler ce vide essentiel, on aura les outils au-dedans pour que le changement se fasse au-dehors.

Brandir la littérature comme on brandirait un fusil et tirer en l'air : PAN ! J'ai votre attention ?

S'arrêter un instant, s'asseoir sereinement sous l'arbre à parole.

Écouter, donc, et prendre de la distance tout en étant là, tout en restant là.

De la tenue... intellectuelle, de la retenue... émotionnelle.

Et témoigner, partager, s'apaiser les uns les autres, apaiser les uns et les autres.

La banlieue sera peut-être demain le lieu du début et de la fin de la quête de tous ceux qui sont à la recherche de la paix perdue.

Ces quartiers, que l'on accuse d'être à l'origine de tous les maux qui gangrènent notre société, seront peut-être le lieu où tous viendront chercher le salut.

Et parce que le spirituel ne se traduit pas nécessairement par du religieux, alors, c'est sûr, tout le monde s'y rendra dans cette cité qui sera redevenue alors un peu grecque...

C'est ce à quoi je m'attelle, ce qui me met en mouvement en tant qu'homme, en tant qu'artiste et en tant que citoyen.

La guerre des banlieues n'aura pas lieu... (insh'Allah !)

ANNEXE

ABD AL MALIK, AUTOPORTRAIT KALÉÏDOSCOPIQUE

Quelques dates pour commencer

1981 : j'emménage avec mes parents dans le quartier du Neuhof, à Strasbourg.

1996 : sortie du premier album de mon groupe, N.A.P. (New African Poets).

1998 : la France gagne la Coupe du monde de football.

1999 : je deviens officiellement disciple de Sidi Hamza al Quadiri al Boutchich.

2001 : attentats du 11 septembre à New York, et naissance de mon fils à Ivry-sur-Seine.

2002 : Le Pen au second tour de l'élection présidentielle.

2003 : je me rends à Auschwitz-Birkenau, sous la houlette du père Émile Schoufani.

2005 : émeutes des banlieues, et première de mes rencontres avec Juliette Gréco et Gérard Jouannest.

2006 : Harry Roselmack présente le JT de 20 heures sur TF1.

2007 : j'ai l'honneur de donner un concert au prestigieux Montreux Jazz Festival, au Miles Davis Hall.

2008 : mort d'Aimé Césaire.

2009 : 20 décembre. Je découvre que « la France » que j'appelle de mes vœux existe « en vrai », sous de nombreux aspects, sur l'île de la Réunion.

Modeste point de départ de ma bibliographie

Qu'Allah bénisse la France !, Albin Michel, 2004

Ma discographie en cours

- **Avec N.A.P.**

La racaille sort un disque (Night and Day) 1996

La fin du monde (RCA-BMG) 1998

Le boulevard des rêves brisés (RCA-BMG) 1999

À l'intérieur de Nous (Arista-BMG) 2000

• En solo

Le face-à-face des cœurs (Atmosphériques) 2004
Gibraltar (Polydor) 2006
Dante (Polydor) 2008

Quelques-unes de mes lectures

Le Prophète Muhammad, Martin Lings (Seuil)

Le Chagrin du zèbre, Martine Le Coz (Éditions du Rocher),

Aperçus sur l'ésotérisme islamique et le taoïsme, René Guénon (Gallimard)

Sidi Hamza al Qadiri al Boutchich : le renouveau du soufisme au Maroc, Karim Ben Driss (Albouraq)

Pourquoi êtes-vous pauvres ?, William T. Vollmann (Actes Sud)

Récits/1971-1982, Thomas Bernhard (Gallimard)

De la beauté, Zadie Smith (Gallimard)

Kiffe kiffe demain, Faïza Guène (Hachette)

La Cité de Dieu, Saint Augustin (Gallimard)

Le Dernier Écrivain, Richard Millet (Fata Morgana)

Cahier d'un retour au pays natal, Aimé Césaire (Présence Africaine)

Petit Panthéon portatif, Alain Badiou (La Fabrique Édition)

Le Crève-cœur, Aragon (Gallimard)

La Zone d'inconfort, Jonathan Franzen (Éditions de l'Olivier)

Le Face-à-face des cœurs : le soufisme aujourd'hui, Faouzi Skali (Éditions du Relié)

Entretiens avec Michael Henry Wilson, Clint Eastwood (Cahiers du Cinéma)

Dans l'atelier du poète, René Char (Gallimard)

Le Ventre de l'Atlantique, Fatou Diome (Anne Carrière)

Propos sur les pouvoirs, Alain (Gallimard)

Can't stop, Won't stop / Une histoire de la génération hip-hop, Jeff Chang (Éditions Allia)

Qu'est-ce que vous voulez voir ?, Raymond Carver (Éditions de l'Olivier)

Quelques films... ou DVD, si vous voulez

Le Message, Moustapha Akkad

La trilogie *Matrix*, Les frères Wachowski

Solaris, Steven Soderbergh

Short Cuts, Robert Altman

Ghost Dog : la voie du Samouraï, Jim Jarmush

Malcolm X, Spike Lee

Mystic River, Clint Eastwood

L'Assassinat de Jessie James par le lâche Robert Ford, Andrew Dominik

Nuits blanches à Seattle, Nora Ephron
À la rencontre de Forrester, Gus Van Sant
La Haine, Mathieu Kassovitz
De battre mon cœur s'est arrêté, Jacques Audiard
Rocco et ses frères, Luchino Visconti
Un monde sans pitié, Eric Rochant
There Will Be Blood, Paul Thomas Anderson
Looking for Richard, Al Pacino
Juno, Jason Reitman

Quelques-uns de mes artistes préférés

Albert Camus, Miles Davis, Mos Def, Brian Eno, Fayrouz, Franco (du T.P. OK Jazz), Juliette Gréco, Keith Jarret, Yehudi Menuhin, Youssou N'Dour, Ali Farka Touré, Wallen, Paul Weller, Kanye West, Thom York ; et mon trio de cœur : Jacques Brel, Gérard Jouannest et François Rauber.

... et la vie en partage, c'est l'essentiel !

A. A. M.

REMERCIEMENTS

Merci à Wallen, Fabien « Sidi Badr » Coste, Arash, Philippe et Jean-Paul (pour son aide précieuse).

Merci à Bilal, Matteo Falkone, Aïssa, Si Suhayb, Mustaaf, Majid, Mohammed, Juliette et Gérard, Moulay, toute ma famille, et toutes les sœurs et tous les frères de la Quadiriyya Boutchichiyya.

Merci à mon quartier du Neuhof.

À la mémoire de Mamadou, Nabil et Lotfi.

TABLE

RÉALISATION : NORD COMPO À VILLENEUVE-D'ASCQ
NORMANDIE ROTO IMPRESSION S.A.S À LONRAI
DÉPÔT LÉGAL : JANVIER 2011. N° 103833-4 (122216)
IMPRIMÉ EN FRANCE

Éditions Points

Le catalogue complet de nos collections est sur Le Cercle Points, ainsi que des interviews de vos auteurs préférés, des jeux-concours, des conseils de lecture, des extraits en avant-première…

www.lecerclepoints.com

DERNIERS TITRES PARUS

P2660. Les Murmures des morts, *Simon Beckett*
P2661. Les Veuves d'Eastwick, *John Updike*
P2662. L'Incertain, *Virginie Ollagnier*
P2663. La Banque. Comment Goldman Sachs dirige le monde *Marc Roche*
P2664. La Plus Belle Histoire de la liberté, *collectif*
P2665. Le Cœur régulier, *Olivier Adam*
P2666. Le Jour du Roi, *Abdellah Taïa*
P2667. L'Été de la vie, *J.M. Coetzee*
P2668. Tâche de ne pas devenir folle, *Vanessa Schneider*
P2669. Le Cerveau de mon père, *Jonathan Franzen*
P2670. Le Chantier, *Mo Yan*
P2671. La Fille de son père, *Anne Berest*
P2672. Au pays des hommes, *Hisham Matar*
P2673. Le Livre de Dave, *Will Self*
P2674. Le Testament d'Olympe, *Chantal Thomas*
P2675. Antoine et Isabelle, *Vincent Borel*
P2676. Le Crépuscule des superhéros, *Deborah Eisenberg*
P2677. Le Mercredi des Cendres, *Percy Kemp*
P2678. Journal. 1955-1962, *Mouloud Feraoun*
P2679. Le Quai de Ouistreham, *Florence Aubenas*
P2680. Hiver, *Mons Kallentoft*
P2681. Habillé pour tuer, *Jonathan Kellerman*
P2682. Un festin de hyènes, *Michael Stanley*
P2683. Vice caché, *Thomas Pynchon*
P2684. Traverses, *Jean Rolin*
P2685. Le Baiser de la pieuvre, *Patrick Grainville*
P2686. Dans la nuit brune, *Agnès Desarthe*

P2687. Une soirée au Caire, *Robert Solé*
P2688. Les Oreilles du loup, *Antonio Ungar*
P2689. L'Homme de compagnie, *Jonathan Ames*
P2690. Le Dico de la contrepèterie.
Des milliers de contrepèteries pour s'entraîner et s'amuser
Joël Martin
P2691. L'Art du mot juste.
275 propositions pour enrichir son vocabulaire
Valérie Mandera
P2692. Guide de survie d'un juge en Chine, *Frédéric Lenormand*
P2693. Doublez votre mémoire. Journal graphique
Philippe Katerine
P2694. Comme un oiseau dans la tête.
Poèmes choisis, *René Guy Cadou*
P2696. La Dernière Frontière, *Philip Le Roy*
P2697. Country blues, *Claude Bathany*
P2698. Le Vrai Monde, *Natsuo Kirino*
P2699. L'Art et la manière d'aborder son chef de service pour lui demander une augmentation, *Georges Perec*
P2700. Dessins refusés par le *New Yorker*, *Matthew Diffee*
P2701. Life, *Keith Richards*
P2702. John Lennon, une vie, *Philip Norman*
P2703. Le Dernier Paradis de Manolo, *Alan Warner*
P2704. L'Or du Maniéma, *Jean Ziegler*
P2705. Le Cosmonaute, *Philippe Jaenada*
P2706. Donne-moi tes yeux, *Torsten Pettersson*
P2707. Premiers Romans, *Katherine Pancol*
P2708. Off. Ce que Nicolas Sarkozy n'aurait jamais dû nous dire
Nicolas Domenach, Maurice Szafran
P2709. Le Meurtrier de l'Avent, *Thomas Kastura*
P2710. Le Club, *Leonard Michaels*
P2711. Le Vérificateur, *Donald Antrim*
P2712. Mon patient Sigmund Freud, *Tobie Nathan*
P2713. Trois explications du monde, *Tom Keve*
P2714. Petite sœur, mon amour, *Joyce Carol Oates*
P2715. Shim Chong, fille vendue, *Hwang Sok Yong*
P2716. La Princesse effacée, *Alexandra de Broca*
P2717. Un nommé Peter Karras, *George P. Pelecanos*
P2718. Haine, *Anne Holt*
P2719. Les jours s'en vont comme des chevaux sauvages dans les collines, *Charles Bukowski*

P2720. Ma grand-mère avait les mêmes.
Les dessous affriolants des petites phrases
Philippe Delerm
P2721. Mots en toc et formules en tic. Petites maladies du parler d'aujourd'hui, *Frédéric Pommier*
P2722. Les 100 plus belles récitations de notre enfance
P2723. Chansons. L'Intégrale, *Charles Aznavour*
P2724. Vie et opinions de Maf le chien et de son amie Marilyn Monroe, *Andrew O'Hagan*
P2725. Sois près de moi, *Andrew O'Hagan*
P2726. Le Septième Fils, *Arni Thorarinsson*
P2727. La Bête de miséricorde, *Fredric Brown*
P2728. Le Cul des anges, *Benjamin Legrand*
P2729. Cent seize Chinois et quelque, *Thomas Heams-Ogus*
P2730. Conversations avec moi-même.
Lettres de prison, notes et carnets intimes
Nelson Mandela
P2731. L'Inspecteur Ali et la CIA, *Driss Chraïbi*
P2732. Ce délicieux Dexter, *Jeff Lindsay*
P2733. Cinq femmes et demie, *Francisco González Ledesma*
P2734. Ils sont devenus français, *Doan Bui, Isabelle Monnin*
P2735. D'une Allemagne à l'autre. Journal de l'année 1990
Günter Grass
P2736. Le Château, *Franz Kafka*
P2737. La Jeunesse mélancolique et très désabusée d'Adolf Hitler
Michel Folco
P2738. L'Enfant des livres, *François Foll*
P2739. Karitas, l'esquisse d'un rêve, *Kristín Marja Baldursdóttir*
P2740. Un espion d'hier et de demain, *Robert Littell*
P2741. L'Homme inquiet, *Henning Mankell*
P2742. La Petite Fille de ses rêves, *Donna Leon*
P2743. La Théorie du panda, *Pascal Garnier*
P2744. La Nuit sauvage, *Terri Jentz*
P2745. Les Lieux infidèles, *Tana French*
P2746. Vampires, *Thierry Jonquet*
P2747. Eva Moreno, *Håkan Nesser*
P2748. La 7e victime, *Alexandra Marinina*
P2749. Mauvais fils, *George P. Pelecanos*
P2750. L'espoir fait vivre, *Lee Child*
P2751. La Femme congelée, *Jon Michelet*
P2752. Mortelles Voyelles, *Gilles Schlesser*

P2753. Brunetti passe à table. Recettes et récits
Roberta Pianaro et Donna Leon
P2754. Les Leçons du Mal, *Thomas Cook*
P2755. Joseph sous la pluie. Roman, poèmes, dessins
Mano Solo
P2756. Le Vent de la Lune, *Antonio Muñoz Molina*
P2757. Ouvrière, *Franck Magloire*
P2758. Moi aussi un jour, j'irai loin, *Dominique Fabre*
P2759. Cartographie des nuages, *David Mitchell*
P2760. Papa et maman sont morts, *Gilles Paris*
P2761. Caravansérail, *Charif Majdalani*
P2762. Les Confessions de Constanze Mozart
Isabelle Duquesnoy
P2763. Esther Mésopotamie, *Catherine Lépront*
P2764. L'École des Absents, *Patrick Besson*
P2765. Le Livre des brèves amours éternelles, *Andreï Makine*
P2766. Un long silence, *Mikal Gilmore*
P2767. Les Jardins de Kensington, *Rodrigo Fresán*
P2768. Samba pour la France, *Delphine Coulin*
P2769. Danbé, *Aya Cissoko et Marie Desplechin*
P2770. Wiera Gran, l'accusée, *Agata Tuszyńska*
P2771. Qui a tué l'écologie ?, *Fabrice Nicolino*
P2772. Rosa Candida, *Audur Ava Olafsdóttir*
P2773. Otage, *Elie Wiesel*
P2774. Absurdistan, *Gary Shteyngart*
P2775. La Geste des Sanada, *Yasushi Inoué*
P2776. En censurant un roman d'amour iranien
Shahriar Mandanipour
P2777. Un café sur la Lune, *Jean-Marie Gourio*
P2778. Caïn, *José Saramago*
P2779. Le Triomphe du singe-araignée, *Joyce Carol Oates*
P2780. Faut-il manger les animaux ?
Jonathan Safran Foer
P2781. Les Enfants du nouveau monde, *Assia Djebar*
P2782. L'Opium et le Bâton, *Mouloud Mammeri*
P2783. Cahiers de poèmes, *Emily Brontë*
P2784. Quand la nuit se brise. Anthologie de poésie algérienne
P2785. Tibère et Marjorie, *Régis Jauffret*
P2786. L'Obscure Histoire de la cousine Montsé
Juan Marsé
P2787. L'Amant bilingue, *Juan Marsé*

P2788. Jeux de vilains, *Jonathan Kellerman*
P2789. Les Assoiffées, *Bernard Quiriny*
P2790. Les anges s'habillent en caillera
Rachid Santaki
P2791. Yum Yum Book, *Robert Crumb*
P2792. Le Casse du siècle, *Michael Lewis*
P2793. Comment Attila Vavavoom remporta la présidentielle avec une seule voix d'avance, *Jacques Lederer*
P2794. Le Nazi et le Barbier, *Edgar Hilsenrath*
P2795. Chants berbères de Kabylie, *Jean Amrouche*
P2796. Une place au soleil, *Driss Chraïbi*
P2797. Le Rouge du tarbouche, *Abdellah Taïa*
P2798. Les Neuf Dragons, *Michael Connelly*
P2799. Le Mécano du vendredi
(illustrations de Jacques Ferrandez)
Fellag
P2800. Le Voyageur à la mallette *suivi de* Le Vieux Quartier
Naguib Mahfouz
P2801. Le Marquis des Éperviers, *Jean-Paul Desprat*
P2802. Spooner, *Pete Dexter*
P2803. « Merci d'avoir survécu », *Henri Borlant*
P2804. Secondes noires, *Karin Fossum*
P2805. Ultimes Rituels, *Yrsa Sigurdardottir*
P2806. Le Sourire de l'agneau, *David Grossman*
P2807. Le garçon qui voulait dormir
Aharon Appelfeld
P2808. Frontière mouvante, *Knut Faldbakken*
P2809. Je ne porte pas mon nom, *Anna Grue*
P2810. Tueurs, *Stéphane Bourgoin*
P2811. La Nuit de Geronimo, *Dominique Sylvain*
P2812. Mauvais Genre, *Naomi Alderman*
P2813. Et l'âne vit l'ange, *Nick Cave*
P2814. Les Yeux au ciel, *Karine Reysset*
P2815. Un traître à notre goût, *John le Carré*
P2816. Les Larmes de mon père, *John Updike*
P2817. Minuit dans une vie parfaite, *Michael Collins*
P2818. Aux malheurs des dames, *Lalie Walker*
P2819. Psychologie du pingouin et autres considérations scientifiques, *Robert Benchley*
P2820. Petit traité de l'injure. Dictionnaire humoristique
Pierre Merle

P2821. L'Iliade, *Homère*
P2822. Le Roman de Bergen. 1950 Le Zénith – tome III
Gunnar Staalesen
P2823. Les Enquêtes de Brunetti, *Donna Leon*
P2824. Dernière Nuit à Twisted River, *John Irving*
P2825. Été, *Mons Kallentoft*
P2826. Allmen et les libellules, *Martin Suter*
P2827. Dis camion, *Lisemai*
P2828. La Rivière noire, *Arnaldur Indridason*
P2829. Mary Ann en automne. Chroniques de San Francisco, épisode 8, *Armistead Maupin*
P2830. Les Cendres froides, *Valentin Musso*
P2831. Les Compliments. Chroniques, *François Morel*
P2832. Bienvenue à Oakland, *Eric Miles Williamson*
P2833. Tout le cimetière en parle
Marie-Ange Guillaume
P2834. La Vie éternelle de Ramsès II, *Robert Solé*
P2835. Nyctalope ? Ta mère. Petit dictionnaire loufoque des mots savants, *Tristan Savin*
P2836. Les Visages écrasés, *Marin Ledun*
P2837. Crack, *Tristan Jordis*
P2838. Fragments. Poèmes, écrits intimes, lettres,
Marilyn Monroe
P2839. Histoires d'ici et d'ailleurs, *Luis Sepúlveda*
P2840. La Mauvaise Habitude d'être soi
Martin Page, Quentin Faucompré
P2841. Trois semaines pour un adieu, *C.J. Box*
P2842. Orphelins de sang, *Patrick Bard*
P2843. La Ballade de Gueule-Tranchée, *Glenn Taylor*
P2844. Cœur de prêtre, cœur de feu, *Guy Gilbert*
P2845. La Grande Maison, *Nicole Krauss*
P2846. 676, *Yan Gérard*
P2847. Betty et ses filles, *Cathleen Schine*
P2848. Je ne suis pas d'ici, *Hugo Hamilton*
P2849. Le Capitalisme hors la loi, *Marc Roche*
P2850. Le Roman de Bergen. 1950 Le Zénith – tome IV
Gunnar Staalesen
P2851. Pour tout l'or du Brésil, *Jean-Paul Delfino*
P2852. Chamboula, *Paul Fournel*
P2853. Les Heures secrètes, *Élisabeth Brami*
P2854. J.O., *Raymond Depardon*